猫の神さま

来栖屋敷騒動の巻

仲野ワタリ

時代小説文庫

角川春樹事務所

目次

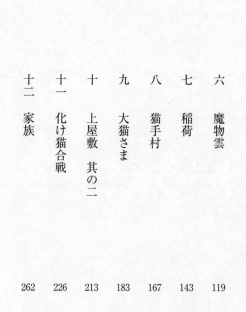

猫の神さま

来栖屋敷騒動の巻

序

代三郎《だいざぶろう》はその日も遊び疲れて渇いた喉《のど》を癒《いや》そうと、池に立ち寄った。縁《ふち》に立つと、深い池の底が見えた。遮るものはなにもない。空気よりも澄んでいるのではないかしらんと思えるほどきれいな水は、口にしてみるとひんやりと冷たく舌に甘い。代三郎はこの水が大好きだった。

そっと膝《ひざ》をついて、四本足の動物みたいに口を直接水面《みなも》につける。こうすると、池のなかに自分が吸い込まれていきそうな感じがしてぞくぞくする。もし落ちたら危ない。泳ぎにはまるで自信がない。それを承知しているから、よけいにぞくぞくしてくるのだ。

水のなかは青い。水草の上を魚が泳いでいる。手をのばせば簡単にすくえそうだ。水底には、いくつかそこだけ揺らいで見える場所がある。地中から水が湧《わ》いているのだった。

「ミャアー」

耳に入って来た声に、代三郎は顔をあげた。

うそだろう。

そう誰《だれ》かに問いたいようなことが、目の前で起きていた。

生まれてまだ幾日も経《た》ってはいなそうな子猫が、水面で水をかいていた。猫は泳ぎなど知らぬようで、四肢をばたつかせミャアミャアと助けを呼んでいる。咄嗟《とつさ》にあたりを見るが、親猫の姿はない。人の姿もない。そうなると、この猫を助けてやれるのは自分しかいないということになる。

うそだろう。

問うても誰も答えない。猫は目の前で溺《おぼ》れかけている。放《ほう》っておくわけにはいかない。

「こっちへおいで」

手を伸ばして呼んでみても、泳げない猫はもがくだけだ。ついには出していた頭も水のなかに落ちてしまった。

「あぶない！」

水中に手を突っ込んだ。それだけでは足りぬとわかり、顔も突っ込んだ。手が、もう少しで猫に届く。

そのときだった。むんずと、誰かがその伸ばした手をつかんだような感覚を覚えた。

代三郎は池のなかへと引き込まれた。

えっ？

叫んだときには水の中だった。

ぼく、泳げないんだよ。

恐怖が襲ってきた。息ができない。水の冷たさがよけいに恐怖を募らせた。

死ぬの？

問いかけた。

泣いても叫んでも、誰にも聞こえない。まだそんな言葉は知らなかったけれど、代三郎は絶望に襲われた。

ただひとつ幸いだったのは、恐怖と苦悶《くもん》を味わい尽くす前に、意識が先に途絶えてくれたことだった。

数えで七つにして代三郎は死んだ。

「と、思ったじゃろう」

瞼《まぶた》の下の細い目がにんまりと笑っていた。

「うん」

着物はもう乾いていた。

「いや、実は一度は死んだんだぞ」

「本当に？　でも、ぼく息しているよ」

代三郎は老人に問い返した。

「それはわしが生き返らせたからじゃ」

老人は、癖なのか、顎《あご》の下の白い鬚《ひげ》をさすりながら言った。

「お前、濱田《はまだ》の本家の坊だろう。ぼくなぞと名乗るからすぐにわかったぞ」

「先生たちがみんな自分のことをぼくって言うから、ぼくもぼくって言うんだ」

製茶業のかたわら私塾を開いている代三郎の家には、文人や学者が何人も寄宿していた。気取り屋の彼らは自分のことを「わし」でも「おれ」でもなく「ぼく」と呼んでいた。代三郎もそれを真似《まね》ていたのであった。

「坊じゃな。離れでいつも三味線《しゃみせん》をかき鳴らしているのは」

「うん。おばあちゃんが教えてくれているんだ」

「ああ、あれはなかなかいい三味線弾きだ。名主の家に嫁になど入らなければ、江戸でも一、二を競う師匠《ししょう》になったことだろう」

「ぼくもおばあちゃんみたいになれるかな」

「心がけ次第じゃな」

「ぼく、日ノ本一の三味線弾きになりたいんだ」

「ほう、日ノ本一とは大きく出たな」

「この世の誰よりも三味線が上手になりたいんだ。一生、死ぬまで三味線を弾いて暮らしたいんだ」

「ふぁっふぁっふぁっ、これはいい」

仙人のような風貌《ふうぼう》の老人には大気な笑い方が似合っていた。

「ミャア～」

足もとで子猫が鳴いた。あの、池に落ちていた猫だ。代三郎と子猫は、溺れているところをこの老人によって救われたのだった。目が覚めたときには、代三郎は池の畔《ほとり》にある神社の境内《けいだい》にいた。神楽殿《かぐらでん》に寝かされていて、瞼を開けるとこの老人がいたのだ。

「ねえ、おじいさんは誰なの？」

さっきから不思議に思っていたことを訊《き》いた。猫手《ねこて》神社には数えきれないほど来ているが、老人に会うのは初めてだったのだ。

「わしか？　わしは大猫《おおねこ》さまじゃ」

「おおねこさま？　それは神さまの名前だよ」

大猫さまは、この神社の境内社のひとつにまつられている祭神だった。

「だから、わしがその神さまなのじゃ」

これが大人たちの言う「ほら吹き」というものだろうか。代三郎はこのおじいさんがそう名乗りたいのならそれでいいやと思った。なにはともあれ、老人は命の恩人なのである。

「この三味線、もらってくれるかのう」

どこから出したのか、大猫さまを名乗る老人の手には三味線があった。大人が使う棹《さお》の太いものだった。代三郎は、手渡されるまま三味線を受け取った。

「それともうひとつ頼みがある。この子猫をな、飼ってやってくれ」

どうやら子猫も老人のものであるらしかった。

「もう乳離れはしている。餌《えさ》は普通にやればよい」

子猫もそのつもりなのか、さかんに代三郎にからだをすりつけていた。

代三郎は無邪気に喜んだ。

さっきはこわい思いをしたけれど、はたと気付けば、三味線はもらえるわ、かわいい子猫までもらえるわで、なんだかついているではないか。

そうだ、於巻《おまき》に猫を見せてやろう。

代三郎の頭に浮かんだのは、わけあって祖母がよそからひきとって育てている数えで二歳、満で一歳の赤ん坊だった。

あいつ、これ見たらどんな顔するかな。

想像するとわくわくした。夢想は代三郎の大好きな遊びだった。

「あれ？」

はっと我に返ると、老人の姿はなくなっていた。キョロキョロとあたりを見回しても誰もいない。唯一目に入ったのは、境内でときどき見かける三毛猫だった。三毛猫は神楽殿の横の参道を歩いていた。

またやってしまったか。

なにかを考え始めると、時が経つのを忘れてしまうのが代三郎だった。

子猫を手に取って抱いた。小さな生き物はあたたかかった。くりくりとした顔がかわいかった。毛色は栗《くり》を思わせるような茶トラだった。参道の三毛猫は別の猫がいるというのにこちらには関心を寄せない。ということは親子ではないのだろう。

そういえば、こいつの名前を聞くのを忘れていた。

子猫の顔を見ながら話しかけた。

「決まっていないのなら、なんにしようか、お前の名前」

遠くで刻《とき》を知らせる鐘が鳴った。雑木林に囲まれた神社の境内は薄暗い。早く帰らないと叱《しか》られてしまう。

名前は帰り道を歩く間に考えることにした。代三郎は三味線と子猫を抱えて、境内をあとにした。

一　猫手長屋

人で賑《にぎ》わう江戸の町も、往来からひとつ入ればのんびりしたものだ。

奥から聞こえてくる長屋の子たちの遊び声を子守唄《こもりうた》に座敷でごろ寝をしていると、あまりの気持ち良さに、代三郎は、ああ、もうこのまま永遠に時が止まってしまえばいいのにと思うのである。

今日もたいしてやることがなかった。

昨日もろくに働かなかった。

一昨日《おととい》は、さて、なにかやった気がするがなんだったか。忘れてしまうくらいだからたいしたことはしていまい。

毎日が暇、おおいにけっこうなことだ。

そんな自分を急《せ》かすのは、目の前でニャアニャアと鳴くこうるさい茶トラ猫くらいのものだ。

「なんだよ栗坊《くりぼう》、ひっかくなよ」

つい四半刻《しはんとき》（約三十分）前までは代三郎と一緒にだらしなく四肢を放《ほう》り出して寝そべっていたくせに、腹でも空《す》かしたのか、飼い猫の栗坊が盛んに爪《つめ》を立ててくる。

「もうちょっと昼寝させてくれよ。腹でも減ったなら於巻になんかもらやいいだろ」

薄目を開けて、飼い猫を見る。

すると、そこにさっきまでいた猫はいなかった。

かわりにこっちを見下ろしているのは、牛若丸《うしわかまる》のようななりをした十二、三歳の童子だった。左右に結った長い髪、その下にある茶色がかった大きな瞳《ひとみ》に着流し姿の代三郎が映っている。

「こら、怠け者。起きろ」

童子に言われて、代三郎は肘《ひじ》をついて身体《からだ》を起こした。

「おいおい、もうすぐ夕餉《ゆうげ》だってのに勘弁してくれよ。面倒は嫌だぞ」

「心配いらない。いますぐじゃなさそうだから」

童子は口元を少し緩めると、トン、と軽い音を立てて茶屋がある廊下の向こうに姿を消した。

「おい、待てよ」

呼び止めても、「うん」とも「ニャア」とも言わない。

「おーい、於巻」

仕方がないからかわりに茶屋にいる奉公人を呼ぶ。

「おーまーきー」

呼ぶがしかし、返事がない。かわりに壁越しに「あはは」と笑う声がする。かすかにしゃがれた声は、今年十七になったばかりの娘の声に違いない。

客と話しているか、それとも長屋の店子《たなこ》の誰《だれ》かと話しているか。

四つん這《ば》いで廊下を覗《のぞ》くと、栗坊が茶屋との境の敷居に足をかけ、こちらに尻尾《しっぽ》を向けていた。

「店に来い、か」

立ち上がり、廊下を通って往来に面した表店の土間に出る。

もとは乾物屋だったという表店は、ずいぶん前に代三郎の実家が買い取って以来、茶屋になっている。

店には客を迎えるための縁台がいくつかと、茶の湯を沸かす真鍮《しんちゅう》の釜《かま》が置いてある。茶のほかに出すのは菓子くらいで、稲荷《いなり》や寺の参道に建つ水茶屋と同じと思えばよい。

「やあ、代三郎さん」

「巡啓《じゅんけい》さんだったかい」

外の通りとは葭簀《よしず》張《ば》りで仕切った店のなかで於巻と喋《しゃべ》っていたのは、長屋の店子である医者だった。

「あ、ちょうどよかった。いま呼ぼうと思っていたんだ」

根掛けをこっちに向けていた於巻が振り返った。

「こっちに来いって、栗坊に呼ばれたんだよ」

心配いらないとは言われたものの、童子姿の栗坊が人の言葉で話すときはそれ相応の理由がある。

来てみれば、そこにいたのは巡啓だ。

ということは、医者の身に何かが起きたということか。

代三郎が縁台に座ると、先に土間に出ていた栗坊が股《また》の上に飛び乗った。そこに於巻が「聞いて」と囁《ささや》くように口を寄せてきた。

「巡啓さん、六角屋《ろっかくや》さんからお呼びがかかったんだって」

「六角屋って、廻船《かいせん》問屋のかい」

話題に上ったのは、日本橋《にほんばし》通りに店を持つ廻船問屋だった。

「ああ、どこで評判を聞きつけたものかね」

巡啓は三年前から、代三郎が大家をしている猫手長屋の一角で町医を開業している。見立てはいいのにたいして銭を取らないものだから、町の住人たちからは「先生」と慕われていた。

「やっぱり腕の良さは隠しようがないってことじゃないかい。巡啓さんが来てからこのかた、長屋でも冬に風邪《かぜ》をこじらせる人間が減ったしね」

そう言いながら、代三郎は於巻が出してくれた茶を口に含んだ。ほんのりした甘味が舌を包む。湯加減がちょうどいい。

於巻も頷《うなず》いている。

「わたしも覚えている。わたしたちが長屋に来た年は風邪が流行《はや》ったよね。死人が三人も出た」

代三郎が於巻をともなって故郷である猫手村から神田《かんだ》にあるこの長屋にやって来たのは、巡啓が来るより一年早い四年前のことだ。長屋の地主である父の命で、それまで親戚《しんせき》の者がやっていた大家――家主になったのである。

「噂《うわさ》が、どっからか六角屋さんの耳に入ったんじゃないかい」

栗坊の頭を撫《な》でながら代三郎は言った。

巡啓はいまでこそ町人相手の町医をやっているが、もともとは長崎《ながさき》で学んだ蘭方医《らんぽうい》だ。本来は六角屋のような裕福な店の主《あるじ》や身分の高い武士などを診《み》るべき医者だった。

「良い噂だけならいいんだが、どうもそれだけではないようでね」

医者の顔はうかなかった。

話は一刻（約二時間）ほど前に遡《さかのぼ》る。

外での診察から自宅に戻った巡啓を、六角屋の番頭だという男が待っていた。男は素姓を明かすと、「内々に」と、店に来てくれるよう頼んできたという。

「内々に、ってどういうこと」

代三郎と於巻が顔を近づけると、巡啓はぼそりと言った。

「どうも店の誰かが珍しい病に罹《かか》ったらしいんだよ。ほかの医者に診せても駄目だったというんだ。悪い評判が立つといけないからこの話は誰にもしないでくれとも頼まれた」

「それなのに、わたしたちに話してもいいわけ？」

於巻が確かめた。

「代三郎さんと於巻ちゃんには話しておこうと思ってね。この長屋で一緒に猫手村の水を飲んだのはわたしたち三人きりだからね」

猫手村は長屋のある神田から西に三里（約十二キロメートル）と少し、江戸の朱引を跨《また》いだ先、すぐそこは井伊《いい》様の御領という場所にある。

村には代三郎の生家である濱田家の本家があり、製茶業を営んでいる。名主であり永代で苗字帯刀《みょうじたいとう》を許されている濱田家は、代三郎の祖父の代からその経済力を生かして私塾を経営しており、巡啓もかつてはそこで蘭学と医学を教える身だった。

膝《ひざ》の上で栗坊が前足を動かした。爪が着物の生地をひっかいた。代三郎は猫に促されるように声を潜《ひそ》めて訊いた。

「で、巡啓さん、なにがあったんだい？」

「……実の名で呼ばれた」

「えっ」

「その六角屋の番頭にな、巡啓ではなく、本名で呼ばれたのさ」

うかない顔の理由がわかった。

「巡啓さん、奥で話そう」

代三郎は店のいちばん奥の小座敷に巡啓を誘った。栗坊が、さも当然といった感じでついてくる。於巻も、新しい茶とともにすぐに来た。

「手前は六角屋で番頭を務めている千平《せんべい》と申す者です」

巡啓の診療所を訪ねて来た男はそう名乗ると、敷居をまたがぬうちから、「小石川《こいしかわ》良明《りょうめい》様ですね」と訊いてきたのだという。

ここ数年、伏せていた本名を出され、巡啓は声を発するより先に顔で答えてしまった。

「そう驚かないでくださいまし」

千平という男は、隙《すき》を与えないように言葉を添えた。

「猫手長屋の巡啓先生が、実は蘭方医の小石川良明先生であることを知っているのは江戸八百八町でも手前どもだけです」

どうやら空とぼけても無駄なようだ。巡啓は男を部屋に上げ、用件を聞いたという。

同時になぜ男が自分を蘭方医の小石川良明であると知っているのか、それを確かめたいという気持ちもあった。

「それで、なぜ六角屋の番頭が自分の素性を知っているのか、わかったのかい」

代三郎に訊かれると、巡啓は「ああ」と答えた。

「得意げな顔で言われたよ。手前どもは六角屋でございますとね」

千平という男に言わせれば、六十余州を商いの場としている大店《おおだな》にとって、故あって身を隠した名医をさがし出すことくらい、そう難しいことではないのだという。

「それだけではない。わたしがどうして九州《きゅうしゅう》を出たのかも知っていたよ」

「猫手村にいたことも？」

「知っていた。名主の濱田家に寄食していたと、そこまで割れていたよ」

巡啓は意気消沈していた。

「口惜《くや》しいな。人知れず生きてきたつもりだったのにな」

「仕方ないさ」

代三郎は二十も歳《とし》が上の医者を慰めた。

「巡啓さんほど名のある医者は、世の中が放っておいちゃくれないってことじゃないかな」

「みんな、わたしが奇跡を起こせるとでも思っているのさ」

「そう思っているのは、九州のことがあるからなんだろう」

今日は巡啓の方から話をふってきたので、普段はあえて触れずにいることを訊いてみた。

「ああ、あのときは無我夢中だった」

巡啓がまだ長崎にいた頃《ころ》の話だから、何年も前のことだ。

天内《てんない》という長崎からそう遠くない九州のとある郷《さと》で、人が大勢死ぬ流行り病《はやりやまい》が蔓延《まんえん》した。いったん発症したが最後、助からぬというおそろしい病気だった。

そのとき、たまたまその場にいたのが巡啓こと小石川良明だった。

「郷の代官様とは懇意にしていてね。あのときは頼まれていた子猫を連れて行ったのさ」

「子猫？」

猫好きの於巻が反応した。

「ああ、代官様は猫には目がなくてね。日頃からわたしたちに珍しい猫がいたら教えてくれと言っていたんだ。それで、そのことを知っていた長崎の商人が、唐人の商人から異国の猫をもらい受けたというので、わたしが使いとなって代官様のもとにお届けに上がったのさ」

すると、そこで流行り病に出くわしたというのだった。

医師である良明は代官に「何とかしてくれ」と懇願され、郷に残って治療にあたった。

病は、大勢の犠牲者を出しはしたが、ほどなくしておさまった。

「……奇妙な病だった」

呟《つぶや》く巡啓に於巻が「どんな病だったの」と問うた。

「それがどんな病気だったか、記憶が定かでないんだ」

医者の答は意外なものだった。

「定かでない？」

「とにかく、妙な病気に出くわして、それを治すのに必死だったということ以外、ほとんどなにも覚えちゃいないんだよ」

代官に命じられた巡啓は、郷の者たちに薬を煎《せん》じて飲ませた。

そんな記憶は確かにあるのだが、ほかのことはというと櫛《くし》の歯が欠けたみたいに覚えていないのだという。

気がつくと半月あまりが過ぎていて、病はおさまっていた。

事の次第を覚えていなかったのは、自分だけではなかった。代官も、その配下の者たちも、郷の村人たちも、誰一人として病のことを詳しく語れる人間はいなかった。

おそらく、あまりのことにみんな気が動転して記憶を失ってしまったのだろう。

たいして説得力があるとも思えないが、そうとでも言わなければ説明しようがなかった。

ただひとつはっきりしていたのは、そこで恐ろしいことが起きたということだった。

その証拠に、郷には累々《るいるい》たる屍体《したい》が横たわっていた。

病がおさまって数日は、それらの屍体を荼毘《だび》に付すことに費やされた。

日が経《た》つにつれ、巡啓ら残された者たちの間には暗黙の了解ができあがっていた。

「病のことは、広まればいたずらに世情の乱れを誘う。けっして口外せぬことだ」

流行り病による犠牲は、代官の指図でいつの間にか「病」ではなく「飢饉《ききん》」のせいだということにすり替えられた。

ほどなくして、御公儀に対応の拙《まず》さを問われた代官は、役目を解かれて江戸に戻ることとなった。

「わしはこの一件は墓場まで持っていくこととした。良明よ、そちも頼む」

天内で妙なことが起きたという噂は長崎にも伝わっていた。

そこでは「小石川良明が悪性の流行り病を根絶した」というありがた迷惑な話も飛び交っていた。

帰れば、根掘り葉掘り病のことを訊かれるだろう。だが、良明にはそれは苦痛でしかなかった。

良明は長崎には帰らず、江戸に帰る代官の一行に加わった。

そして江戸に来たのち、代三郎の父と知り合い、猫手村の家に寄宿し、学問を教えることとなった。

数年が過ぎ、やはり医者として病や怪我《けが》に苦しむ人たちを救いたいという思いが高じた。

そこへもって、背中を押すような出来事が起きた。

長崎にいた頃の医者仲間たちが、どこで居場所を突き止めたのか、良明のもとへ押しかけて来るようになった。

仲間たちの多くは大名家に仕える藩医であった。それが一人、二人と、長崎での学問を終え、主家の江戸屋敷に戻るにあたり、天内での奇病を退治した良明にいったいどんな治療をしたかを訊きに来るようになったのだ。

むろん、天内の一件は表向きは飢饉となっている。

彼らは誰もが囁くように良明に言った。

「ここだけの話にする。また同じような病が流行ったときに備え、わしにだけどんな薬を煎じたか教えてはくれぬか」

仲間たちは示し合わせたかのようにみんな「わしにだけ」と頼んできた。

良明はそのたびに同じ返答を繰り返さねばならなかった。

「すまぬ。覚えておらぬのだ」

ばかにされたと思った医者たちは、ある者は激昂《げきこう》し、ある者は冷たく言い放った。

「忘れたなどと、つくならもう少しましな嘘《うそ》をつけ!」

「手柄を独り占めするとは、世のためにならぬぞ」

「見損なった。もはやお主など友でもなんでもないわ」

これだけでもうんざりなのに、しまいには見知らぬ者たちまで訪ねてくるようになってきた。なかには医者以外の胡散臭《うさんくさ》い坊主や、新手の信心がらみと思われる呪術師《じゅじゅつし》、祈禱師《きとうし》の類《たぐい》までいた。

すっかり嫌気がさしてしまった良明は、ひそかに胸に描いていたように、江戸に出て一介の町医になる決心をした。

自分をさがす者たちの目から逃れるために、蘭学者としても知られていた「良明」の名はおもいきりよく捨て、「巡啓」と号することとした。

頼った先は、一足早く猫手長屋の大家となっていた寄宿先の三男坊だった。

三年前のことだ。

「お代官様は二年前に亡くなられたし、江戸であのことを知っているのはわたしだけだと思ったんだがな」

巡啓は独《ひと》り言《ご》ちるように呟いた。

「正直に言うと、いまでも夢に見るんだ」

「夢？」

訊き返す代三郎の膝元で、丸くなっていた栗坊がぴんと耳を立てた。

「ああ、ときどき悪い夢にうなされるんだ。天内で人がばたばたと倒れてゆくさまを、ただ呆然《ぼうぜん》と眺めているといった夢でね。右を見ても、左を見ても、人々が口から泡を吹きながら白目を剥《む》いて倒れていく。そして倒れたかと思えば立ち上がり、どこからそんな声を出しているのだか、獣じみた唸《うな》り声をあげながら、わたしを追いかけてくるんだ」

「なんだよ、そりゃあ……」

夢とはいえ、気味の悪い話だった。

「わたしは逃げるしかない。逃げて、最後は群れをなした人々に高い崖《がけ》の上に追い詰められ、まだその方がましかと観念して海に飛び込むんだ。夢はいつもそこで終わる。崖から飛び下りる刹那《せつな》に目が覚めて、ああ、夢であったかと胸を撫でおろすのさ。背中は寝汗でびっしょりだ」

代三郎は逆立っている栗坊の毛を撫でながら、於巻と顔を見合わせた。

「嫌な夢だな」

「ああ、よもやそんな病があるとは思えないが、天内で触れたなにかがもとでこんなひどい夢を見ているとしか思えない。冗談ではなく、夢に殺されてしまいそうだよ」

「夢に殺される、か」

「……猫だ」

「猫？」

「夢の始まりは必ずあの子猫が出てくるのさ」

そういえば、代官に献上したという子猫はどうなったのだろう。

「そいつが夢に出てきて、何かするのかい」

「何もしやしない。ただ、夢の始まりに必ずあの子猫が出てくるんだ。そうすると、夢の中ながら、わたしはすっかり気が滅入《めい》るのさ。ああ、こいつが出てきたということは、またあの屍人《しにん》のような村人たちに追い立てられるのか、と」

巡啓は広げた指で左右のこめかみをおさえると「はあ」とため息をついた。

「なんだろうね、あの猫に対する申し訳ないという気持ちが夢になってあらわれているのかな」

「その猫、代官様にあげたんじゃなかったの」

於巻が訊いた。

「ああ。でも病の騒ぎの中で、どこかへ行ってしまった。さがすにもそんな余裕はなかった。まだ子猫だったから鷹《たか》にでも襲われたかもしれない。気の毒なことをした」

「そう。野良《のら》でもいいから生きているといいね」

「そうだね」

「ところで六角屋は、どこで巡啓さんのことを知ったんだろうね」

代三郎が言った。

「あれだけの大店だから顔も相当にきくんだろう。ひょっとしたら代官様の家とも通じているかもしれない」

となると、六角屋の番頭の言う「珍しい病」とやらが気になる。

「そうなんだ。関《かか》わり合いにならないほうがいいとはわかっているんだが、どうしても気になってな。もしその六角屋の誰かが罹ったという病が、わたしが天内で見たものと同じだとしたらってね。そうしたらもしかして忘れていることを思い出せるんじゃないかとか、あの悪夢を見ずに済むようになるのではないかとか、そんなことが頭をちらついてしまうのさ」

「どのみち、居場所も名前もばれてんじゃ行くしかないかね」

「そういうことだよ」

うかない顔の巡啓は、気を取り直すように笑い顔をつくった。

「すまなかったな、よけいな話をして。さっきも言ったように代三郎さんには話しておかなくてはと思ったのさ。いや、それだけじゃないな。万が一、自分の身になにかがあったときに誰かに知っておいてほしいという臆病《おくびょう》な気持ちがあったのかもしれない」

「いいんだよ。俺《おれ》なんか相手にいろいろ話してくれて嬉《うれ》しいよ」

代三郎も笑顔で応《こた》えた。

「なにを言っているんだ。家主の旦那《だんな》が」

「旦那ったって、名主の倅《せがれ》ってだけで、まだ二十二の若造さ」

「二十二にもなれば立派な旦那さ。長屋の連中には頼りにされているじゃないか」

「逆だろ。三味線《しゃみせん》弾いているか寝ているかで頼りにならねえやつだって滅法評判じゃないのかい」

「三味線の腕だって、そのへんの師匠方《ししょうがた》からは一目置かれているんだろう」

「そんなたいしたもんじゃないさ。あいつのは道から逸《そ》れた弾き方だって、邪道扱いされているよ」

「わたしは代三郎さんの三味線の音が好きだけどな。忙《せわ》しないときに聴いていると、心がやけに落ち着いたりする。音がはやいときは気持ちが奮い立つ。あれは才だね」

さて、と巡啓は立ち上がった。

「湯屋《ゆうや》にでも行くかな。代三郎さんも一緒にどうだね」

「湯屋か―。どうしようかな」

答えると、横から於巻が「駄目」とこわい目で睨《にら》んだ。

「行かなきゃ駄目です。もう三日も入っていないでしょう」

「いいんだよ、この三日、ろくに汗もかいていないんだからさ」

「外にも出ずに怠けていたってことでしょ。寄り合いもさぼって。代三郎さんはどうしたって、ほかの町役人《ちょうやくにん》さんたちにきかれたよ」

「ちゃんと、風邪をひきました、って言っておいただろうな」

「言われました。しょっちゅうひいているなあ、風邪は万病のもとだから気を付けるんだぞって。仮病だってばれているんだよ」

「仮病も病気のうちさ」

「言い訳しなきゃいけないわたしの身にもなってよ。それより、本当にお風呂に行ってくださいな」

「水は苦手だなあ」

「水じゃなくて湯です」

「こわい。溺《おぼ》れたくない」

「湯屋で人は溺れません」

「ははは」と横で見ていた巡啓が笑った。

「代三郎さんは駄々っ子だな。よし、今日はぜがひでも一緒に行こう」

「そうして。でないと夕餉はお預けですからね」

於巻に「めっ」とされた代三郎は、子どものように口をすぼませ「はいはい」と返事をした。

「どれ。支度をしてくるよ」

巡啓は草履《ぞうり》を履いていったん通りに出ると、裏木戸をくぐって長屋のなかに姿を消した。

代三郎が大家をしている猫手長屋は、界隈《かいわい》の裏長屋としては広い部類で、独り者から親子三代が暮らす家まで、全部で四十くらいの店《たな》に百人ほどの店子が暮らしている。

そろそろ暮れ六ツ（午後六時頃）かといったこの時間になると、仕事から戻った男たちが湯屋に出かける。女は晩飯の支度。すでに長屋には七輪の煙が幾筋も立ち昇っている。

「栗坊よ」

巡啓がいなくなると、代三郎は愛猫を呼んだ。栗坊は巡啓のいた縁台から下りると、瞬《まばた》きする間もなく童子の姿になった。

「なんだい」

「なんだいもなにも、さっき俺のことを起こしたのは、いまの巡啓さんの話を聞かせたかったからなんだろう」

「うん。なんかね、巡啓さんの顔見た瞬間、魔物がらみの話になりそうだなと勘が働いたのさ。だから起こした」

栗坊が人の姿に転じるとき、それは代三郎と人の言葉で話さなければならないときだ。そして口にする話題は、ほとんどが魔物についてだった。

十五年前、代三郎が池で助けた子猫は、ただの猫ではなかった。

「栗坊」と名付けた猫は、もとからそうだったのか、それともあとから細工でもされたのか、猫から人へ、人から猫へと自在に姿を変えることのできる猫だった。

早い話が化け猫、いや違う。

化け猫ならば悪さのひとつもしそうなものだけど、栗坊の場合はその逆だった。

栗坊は、飼い主の代三郎とともに江戸の巷《ちまた》に人知れずはびこる魔物の類《たぐい》を成敗する、そんな役目を負った猫であった。

魔物の匂《にお》いを嗅《か》ぎ取るとき、栗坊は童子の栗坊になる。

なぜ童子なのかは代三郎にもわからない。聞いてみようとしたこともない。

ただひとつ、こういうとき代三郎は西の空を見て「ちぇっ」とぼやく。

西の空の下には猫手神社がある。

魔物退治などという因果な役目はそもそもあそこから始まったのだ。あの日、あそこから。

「勘が働いた、か」

代三郎は於巻に視線を向けた。

「於巻、お前はどうなんだ？」

「そういえば、神棚でカタカタ音がしたと思ったら巡啓さんが来たんだよね」

店の奥にある神棚には招き猫の置物が置いてある。

「なら、ほぼ当たりってとこだな」

「あの九州の流行り病の話だけどさ、なにかありそうだね」

代三郎も感じていたことを栗坊が口にした。

「熱に浮かされてなにがあったか忘れちゃうなんて、ありそうでなかなかないことだよね」

「神さまか魔物のまじないでもかかってりゃ有り得るだろうよ」

「わたしは夢の話が気になったよ」

於巻は思い出したのか、身震いした。

「白目を剝いた病人が群れをなして追いかけてくるだなんてぞっとするよ。もしかしたら本当にあったんじゃない」

「大丈夫だよ。九州の話って、何年も前のことだろう。気の毒なのは巡啓さんだね。いつまで経ってもそんな夢を見なきゃいけないなんて」

「やい、代三郎」

栗坊が睨むような目を向けてくる。

「なんだよ」

「他人事《ひとごと》みたいに言っているけどさ、巡啓さんはまた得体の知れない病を診なきゃいけないんだよ。もし天内の病と同じ病だったらどうするのさ」

「魔物が引き起こす病だって言いたいのか」

「簡単じゃない。代三郎さんが出張ればいいだけのことでしょ」

於巻に言われ、長屋の大家は「ふう〜」とあきらめた顔で息をついた。

「このところ、平穏無事な毎日だったんだけどなあ」

「おかしなくらいにね」

栗坊がニヤッと笑った。

「ああ、おかし過ぎた。なにも起きやしないもんだから、かえってなんだかいやあな予感がしていたんだ」

「おーい、代三郎さん」

裏から巡啓の声が聞こえた。湯屋に行く支度を済ませて迎えに来たようだ。支度といっても着物を替えたくらいであとは手ぶらだ。

「はいよ。ちょっと待ってください」

代三郎は縁台から立った。

「じゃあ、行って来るよ」

「行ってらっしゃい。座敷に着替えが置いてあるでしょう。着るか持って行くかしてね」

「このままでいいよ」

「駄目です。いい加減にその着流しはやめて」

「はいよ、はいはい」

見ると、小座敷の上に栗坊はまだ童子姿のままでいる。

「どうせもう店じまいだ。客も来ないし、そのままでいろよ。於巻と夕餉でも食べていればいい」

「ちょっと行きたいところがある」

「じゃあ、行ってこいよ」

「そうする」

ぽん、と栗坊は猫の姿に戻ると、茶店から表の通りへと出て行った。

湯屋から帰っても、栗坊の姿はなかった。日はもうほとんど暮れていて、家の中はかなり暗くなっている。

「あいつ、どこ行ったんだろうな」

竈《かまど》で夕食の膳《ぜん》を用意していた於巻に訊いた。

「六角屋さんにでも密行してるんじゃない」

「せっかちなやつだな。まだそうと決まったわけでもないのに」

「疫病は広がると厄介だからね。気になったんじゃないの」

「天内の病はどうやっておさまったんだろうな。巡啓さんが思い出してくれりゃあ助かるんだけどな」

「九州にも代三郎さんや栗坊みたいな魔物退治がいるんじゃない」

「だったら、そいつらが江戸に来てくれりゃあいいんだ。そうしたら俺が出張らなくて済む」

振り向いた於巻は、汚れ物でも見るような目をしていた。

「まったく、やる気あんのかね」

「言うのはただだろ。それよかお前も湯屋に行ってこいよ。膳はあとでいいからさ」

「湯屋には食べてから行くから、膳を運んでもいい？」

「腹が減っていたか」

「そりゃあね、誰かさんと違ってわたしは一日働いていましたから」

「すまないな。ぐだぐだしていてばかりでさ」

言葉通り、今日も一日ぐだぐだと過ごした。こういうふうにのんびりできる一日が、代三郎は大好きだった。そうやって過ごせるということは、なにより平穏な証拠だ。けれど、そうとばかりは言っていられないのが世の中というやつだ。

「栗坊が帰って来たら忙しくなるかもよ」

煮物に焼き魚、味噌汁《みそしる》、飯ののった膳を運びながら於巻が言う。

「あいつの勘、はずれてくれりゃいいんだけどな」

「往生際の悪いこと言っていないで気合い入れな」

「うるせえ女だな」

「うるさくなきゃ於巻じゃありません」

「違いない」

座敷に笑い声が響く。行灯《あんどん》に灯《とも》を点すと、二人は膳をともにした。

二　上屋敷

定州《じょうしゅう》・来栖《くるす》家といえば、西国にて六万石を領する外様《とざま》大名だ。六万石というのは実は表向きの格式であって、実質は三万石あるかないかの小大名なのだけれど、家柄だけは古く、鎌倉《かまくら》時代よりつづく名家なので官位は代々従四位に叙せられている。

その江戸上屋敷は、江戸城の西、赤坂《あかさか》より青山《あおやま》へと通じる台地の上に建っている。

庭園を抱え持つ広大な屋敷は、つい昨年、幕府より賜ったばかりのもので、藩主・来栖宗広《むねひろ》やその奥方をはじめとする一族の他、二百人ほどの藩士が詰めていた。

宗広は来栖家・第二十七代目の当主にあたる。今年五十を迎えた大名は、このところ顔色が冴《さ》えなかった。詰人の藩士たちが次々と同一のものと思われる原因不明の病に倒れ、ただですら六万石の身代《しんだい》には巨大過ぎて手に余る藩邸の運営に支障をきたすようになっていたからだ。

「なんと……」

この日の朝も、宗広は顔をしかめていた。

「善吾郎《ぜんごろう》までが罹ったと申すか」

藩主の前にひれ伏した中年の家臣が「はっ」と答えた。

「いつのことじゃ」

「わかったのは今朝方とのことにござりまする。どうも様子がおかしいというので見回りの者たちがお訪ねしたところ、熱に浮かされていたとのことで」

「まことにあの病か」

「部屋に人が入って来たところで目を覚まし……あとは……」

「なんたることじゃ」

立ち上がった藩主を、家臣は慌ててとめた。

「お待ちくだされ。どこへ行かれるつもりですか」

「知れたこと。善吾郎を見舞うのじゃ」

持っていた扇子を空いている手の平にパンと打ちつけると、藩主は部屋を出ようとした。

「なりませぬ」

障子《しょうじ》と大名の間に、家臣が割って入った。

「上条《かみじょう》様は病にござりまする」

「ゆえに見舞いに行くのじゃ。なんの不都合がある？」

「おおありにござりまする。医師の見立てではあの病は疱瘡《ほうそう》がごとく人にうつる病ではないかとのこと。殿におうつりでもしたら一大事」

「上条善吾郎晴政《はるまさ》は筆頭家老ぞ。元気づけてはよう治ってもらわねば困ろう」

「元気づけるもなにも、あれでは言葉が通じませぬ」

「せめて顔だけでも見てやらねば」

「もはや人相が変わり果てておられます」

「死相が……出ておるか」

「御意」

「暴れておるのか？」

「少々は」

「手荒なことはしていないだろうな」

「取り押さえる際に少し」

藩主は眉《まゆ》を上下させ、いまにも泣き出しそうな顔で「ふうむ」と唸った。

「やはり会おう。ほかの者ならいざ知らず、善吾郎ならわしの顔を見れば目が覚めるやもしれぬ」

「おそれながら、そのようなことは期待できませぬ。だいたい近づいたら危のうござりまする」

袴《はかま》の裾《すそ》にしがみついてでも止めようとしている家臣を見下ろすと、藩主はその端整な顔に皮肉な笑みを浮かべた。

「この屋敷のどこに危なくない場所がある？」

「………」

黙ってしまった家臣に、宗広は訊いた。

「昨日、わしが命じたことは実行に移しているのか」

「差し支えなき者は中屋敷か下屋敷のいずれかに移るように申し付けておりますが、皆、なかなか腰をあげようとはいたしませぬ。仁科《にしな》殿などは、殿から離れろなどとは言語道断、かようなことを命じるのであれば腹を切る、と、こんな始末で……」

「おおげさなやつだ」

藩主はもう一度、扇子をパンと鳴らすと腰を下ろした。

「のう、本田《ほんだ》」

「はっ」

「これで何人目じゃ」

「三十四人にございます」

「昨日は三人だったな。一昨日も三人か。その前が……」

「二人です。ここ数日、日を置かずして増えています」

「まずいな」

「殿も……中屋敷にお移りになられては」

四谷《よつや》にある中屋敷は以前は上屋敷として使っていたものだ。ここよりはずっと狭く、今は宗広の母の清善院《せいぜんいん》が暮らしている。

「馬鹿を申せ。御公儀に問われたらなんと答える？」

「おそれながら、清善院様が病に罹られたので、その見舞いにということに……」

「病から逃れるのに、母が病に罹ったと偽りを申すか」

「方便でござりまする」

「わしは屋敷は変えぬ。それよりも先日申しつけたことは進めておるのだろうな」

「八方手を尽くして探らせておりますが、江戸市中のどこにも似たような病に罹った者はおらぬようで」

「いまのところ、我が屋敷だけということか。奇妙な話だのう」

普段なら家臣の前ではけっして見せない姿だったが、宗広は脇息《きようそく》に肘を乗せると困り果てたように「はあ」とため息をついた。

「本田、どうしたものかのう。善吾郎はそちにはなにか申していたか。もちろん、正気を失う前の善吾郎だぞ」

「上条様が申されるに、この上屋敷だけに病があらわれるは、やはり左京大夫《さきょうのだいぶ》の祟《たた》りではないかと」

「結局、そこに行き着くのう」

宗広は眉を八の字にしたまま、向こう側を見透かすように庭に面した障子を見た。

「こんな分不相応な屋敷などもらってしまったわしの不運かの」

「滅多なことを申されてはいけませぬ」

「そなたたちとて、同じように感じておろう」

宗広たちが暮らすこの屋敷は、もとは来栖家と同じ西国にて一州を領する安曇《あずみ》家の上屋敷であった。

その安曇家の当主・左京大夫嘉宣《よしのぶ》が世を去ったのは三年前のことだ。

二十八万石の国持ち大名は、嫡子の義直《よしなお》が継ぐこととなった。しかし、まだ十一歳と若い義直にその器量はなく、安曇家中は内紛騒ぎに包まれた。そうこうするうちに、義直までが病死してしまった。幕府は養子を入れて安曇藩を存続させようともしたようだが、最後は無嗣断絶を理由に取《と》り潰《つぶ》しと決めた。

一国を領するような大大名が改易となるのは百数十年前の越前福井藩《えちぜんふくい》以来のことで、二十八万石のおおかたは御領とされ、郡代《ぐんだい》が置かれることとなった。安曇領は開墾が進み、良質の米がとれることで知られていたし、領内には銀山があって石高以上に豊かであった。繰り返す飢饉や大火ですっかり手もとが擦りきれていた幕府としては、実のところ自分たちが丸呑《まるの》みできる新しい金蔵が欲しかったのである。

一方、江戸における安曇家の屋敷は、上屋敷が来栖家に、中屋敷、下屋敷もそれぞれ別の大名のお預かりとなった。

睨んでいるだけでは飽き足らなかったか、宗広は立ち上がると自ら障子を開けた。

途端、目の前に江戸の大名屋敷のなかでもとりわけ名園と謳《うた》われる庭園が広がった。名は「法月園《ほうげつえん》」。鯉《こい》や亀《かめ》が遊ぶ池の周りに、日本各地より集めた名石、名木、茶室などを配置した回遊式庭園は、普通なら三万石、もとい六万石の小大名が持てるものではなかった。

「この眺めにも飽いたのう」

「……殿」

「戯言《ざれごと》じゃ。聞き流せ」

人も羨《うらや》む大庭園は、しかしいまでは当主の目には厄介な荷物にしか映っていなかった。

最初、この屋敷をもらったとき、宗広は飛び上がらんばかりに喜んだ。家臣たちも同様だった。江戸城にも近いこのような場所にこのような屋敷を賜るとは。宗広はこのときほど自分が大名に生まれたことを幸せに思ったことはなかった。

忘れもしない。

はじめてこの屋敷の門をくぐった日の宗広は、重臣たちをぞろぞろと引き連れて、まるで宝探しでもするかのように邸内を歩きまわった。

庭園はもちろん、中庭や馬場、若い家臣たちの住まう長屋や馬屋まで覗いてまわる始末だった。母屋では障子や窓の意匠、欄間《らんま》の透かし彫りひとつひとつに「ほおほお」と感心し、安曇領内より取り寄せたという一本松の太い柱や梁《はり》に触れてはぺんぺんと叩《たた》いた。放っておくと跪《ひざまず》いて床に頰擦《ほおず》りすらしかねない浮かれようであった。

なによりも宗広を喜ばせたのは、そこが元安曇家の屋敷であったことだ。

時ははるか中世、まだ徳川《とくがわ》幕府が世を治める前、安曇家と来栖家は仇敵《きゅうてき》の間柄であった。

領地を接する両家は、応仁《おうにん》の乱《らん》以来、百年に亘《わた》った戦国の世の間に幾度となく干戈《かんか》を交えた。

だが、名門というだけで戦下手な来栖家の歴代当主たちは戦うたび敗れた。決定的な大負けはしなかったものの、ひと戦するごとに砦《とりで》ひとつ、里ひとつといった具合に鎌倉時代に拝領して以来の領地を失っていった。そして天正《てんしょう》の頃には支城をすべて失い、残すは本城のみという惨めな有様となってしまった。

次にまた攻められたら、いよいよ一族もろとも討ち死にである。

窮地を救ってくれたのは豊臣秀吉《とよとみひでよし》であった。

新たに登場した天下人の号令一下、全国の大名は抗争を禁じられた。来栖家はかろうじて大名として生き延びることができた。が、それは同時に失地回復の機会をも失うことを意味していた。

豊臣政権の下で、安曇家は一国の領主たる大大名として、かたや来栖家は十把《じっぱ》一絡《ひとから》げの小大名として生きた。

その後の徳川時代になっても、両家の立場は変わらずだった。

あちらはといえば、江戸城内で将軍への拝謁を待つ伺候席でも、大広間に詰めることが許された国持ち大名。こちらはというと、その他大勢が寄り合う柳の間。屈辱的なことに、従四位という高位を持っていながら柳の間に詰めさせられているのは来栖家だけであった。来栖家は鎌倉時代以来の名門だが、関ヶ原《せきがはら》の役でも大坂《おおさか》の陣でもなんの手柄もなく、幕閣からすっかりなめられていたのである。

幕府からなめられるのは仕方ないにしても、我慢できぬのは廊下などで旧敵とすれ違うときだった。

歴代の当主は、城内の廊下で安曇家の当主とすれ違うたび、格上の相手に頭を下げなければならなかった。

天下泰平の世となってからこのかた、下げた頭は百や二百ではきかない。宗広とてそれは同様で、城にあがるたび祈るのはただひとつ、安曇左京大夫と顔を合わさぬこと、その一点であった。

こんな間柄であったから、嘉宣が死んだときは、宗広はひそかに祝杯をあげたものだった。

改易が決定したときは、自分ではなにもしていないというのに先祖の霊に遺恨を晴らした旨を報告した。さらにもって幕府より「赤坂の旧安曇邸へと上屋敷を移せ」との命である。宗広も家臣たちも、突如降ってきた幸運に卒倒せんばかりであった。

「安曇めが、ざまあみろ」

庭園の池を見下ろす築山《つきやま》の頂《いただき》に立った宗広は、たいして厚くもない胸を張って「ハッハッハッ」と高笑いした。家臣たちも倣《なら》って笑った。哄笑《こうしょう》は屋敷の隅々にまで響いた。

笑っていると、安曇家の誰かが残したものか、それともどこからかさまよいこんで来たのか。一匹の猫が宗広の足もとにすり寄って来た。

「これはなんとも愛《う》い猫じゃ」

もとより猫好きだった宗広は猫を抱き上げた。

全身を長い純白の毛に覆われた猫は、赤ん坊のようにやわらかく、ついいましがた風呂《ふろ》にでも入れたのではないかと思われるほどふわりとした良い匂いを放っていた。

「こんな猫は初めて見た。この青い目を見よ。まるで異国人のようじゃ」

見たこともないくせに異国人に例える宗広を、誰もとめはしなかった。

実際、猫の瞳は深く澄んだ青で、そのへんで見られる猫とはだいぶ違っていた。まるっこい顔と身体も江戸にいくらでもいる猫たちとは一風変わっていた。あとになって猫に詳しい者に話を聞くと、おそらくは西洋より渡来したであろう稀少《きしょう》な猫とのことだった。

「よし決めた。そちの名前は嘉宣じゃ」

これにはさすがに重臣たちが「お戯れが過ぎます」と反対した。ふてくされた宗広は「ならば左京としよう」と安曇家の当主が代々名乗っていた官名から名をつけた。

浮かれに浮かれていた宗広たちであったが、いつまでもつづいたわけではなかった。一ヶ月もすると、遺恨を晴らしたという爽快感《そうかいかん》は消え、現実が襲ってきた。二十八万石の上屋敷は、実質三万石の田舎《いなか》大名が所有するにはあまりに大き過ぎた。維持するには人も金もいくらあっても足りなかった。

といって、手入れを怠るわけにはいかない。なにしろ法月園は将軍が御成《おな》りしてもおかしくない天下の名園である。へたに荒れ放題にでもしたら、どんな処分が待っているものか。

宗広が、今度の仕置きの本質に気が付くのにそう時間はかからなかった。

なんのことはない。幕府は維持に手間のかかる屋敷と庭園を自分たちに押しつけてきたのだ。

おそらく候補に挙がった大名はほかにもいただろう。御三家にもひけをとらないこれだけの屋敷だ。最初はもっと裕福な大名にお鉢が回ったはずである。だが、誰も皆要らぬと断った。

どの大名も金に難儀しているこの御時世だ。進んで底の抜けた桶《おけ》のようなこんな屋敷をもらう阿呆《あほう》はいない。

いや、一人いた。自分だった。

そういうわけで、いまや宗広は自領の居城よりも大きいのではないかという屋敷の主《あるじ》となっていたのであった。

庭を背に、家臣に向き直った宗広は「祟りにしろ、病は病じゃ」と己に言い聞かせるように言った。

「御公儀に知られたらどうなりましょう」

「それをわしの口から言わせるか。こんな得体の知れぬ流行り病を屋敷から出したとあらば、ただでは終わるまい。ここから先はそちにもわかろう」

「なんとかせねばなりませぬな」

「そうだ。なにがなんでもなんとかせねばならん」

来栖家上屋敷に異状が発生したのは一ヶ月ほど前のことだった。

庭で井戸水を汲《く》んでいた中間《ちゅうげん》の一人が、突如発狂し、身をくねらせて暴れ始めたのである。

いきなりの乱心に慌てた屋敷の者たちが取り押さえたが、中間が正気に返ることはなかった。放っておくと暴れ出すので、家臣たちは仕方なく中間を馬小屋の柱に縛りつけ、普段から屋敷に出入りしている侍医を呼んだ。

医者の見立ては癲癇《てんかん》であった。

それにしても普通のものとは症状が違う。夜になっても眠らぬし、食べ物はおろか水もとろうとしない。ときどき腹の底から絞るような唸り声をあげるだけで、いつまで経っても正気が戻らない。へたに触れようとすると噛《か》みつく仕草を見せるので、細かい診察もできない。侍医にしても、こんな病を見たのは初めてのことで、「何日か様子を見るしかないでしょう」と答えるのが精一杯だった。

それから三日後、今度は奥女中の一人が同じ病に罹った。

こちらは中間どころの騒ぎではなかった。女中は宗広の娘・綾乃《あやの》のそばに仕えており、発病時はすぐ近くに綾乃もいた。

一緒にいた侍女たちの話では、突如乱心した女中は、まるで宙にあるなにかでも求めるように左右の手をのばすと、そのままゆっくりした足取りで目の前の綾乃にすがりつこうとしたという。

綾乃が悲鳴をあげたのは言うまでもない。姫の目に映った女中の顔は、慣れ親しんだそれではなく、まるで死を間近にした者のように青白かったという。

なにより脅えさせたのは目だった。女中の目は血走っており、その瞳は一定することなく眼球がぐるぐると左右上下に回転していた。

慌てた女たちが、女中を取り押さえた。すると女中は奇声を発して暴れ出し、奥座敷は修羅場と化した。大勢の者と揉《も》み合ううち、女中は倒れて四つん這いになっていた。着ていた着物の帯がほどけ、ゆるんだ着物から女中は裸となって抜け出た。身も露《あらわ》なまま這い回るその姿は、とても男たちに見せられるものではなかった。

女たちは着物や布で女中をくるみ、その上で男の家臣たちを呼んだ。取り押さえられた女中は、身分も考慮され、四肢を縄で縛った上で台所の奥の部屋に隠された。

以後、病人は次々と現われた。そのたび屋敷中が騒動となった。

頭を抱えた宗広は、家臣たちに同じ病がほかにはないかと江戸市中を調べさせた。

残念なことに、どこにもそのようなものはなかった。もしこれが流行り病だとしたら、この屋敷のなかだけで流行っているようであった。宗広や家臣たちは、まるで魂を奪われたかのような罹患者《りかんしゃ》たちの様相から、とりあえずこの病を「腑抜《ふぬ》け」と呼ぶことにした。

こうなると、やはり誰もが口にするのが「祟り」だった。

「祟りであれば、いっそ良いのだがな」

宗広は苦虫を噛み潰したような顔で言った。

「殿はなにを申されますか」

「祟りならば、祓《はら》えばそれで済む」

「確かにそうでありますが……」

「本田、このままでは当家は小早川家《こばやかわけ》の二の舞ぞ」

「小早川……と申されると岡山《おかやま》中納言のことで？」

「そうよ」

「これはまたずいぶんと古い……二百数十年も前の話ですな」

宗広が言っているのは、豊臣秀吉の甥《おい》で中納言であった小早川秀秋《ひであき》のことだった。

関ヶ原の役で西軍から東軍に寝返った秀秋は、役後、備前《びぜん》および美作《みまさか》にて五十五万石を拝領したが、二年後の慶長《けいちょう》七年（一六〇二年）に錯乱を起こし死亡した。これを機に小早川家は改易――取り潰しとなった。

「あのとき、乱心したのは中納言だけではなかったと聞く。岡山城内には錯乱して死亡した者が無数におったという。なにかこの屋敷に起きていることと似てはいないか」

「殿……」

「中納言秀秋は、関ヶ原で死んだ大谷吉継《おおたによしつぐ》の祟りで正気を失ったと聞いている」

「では、この場合は左京大夫が大谷吉継であると」

「そこが難しいところよ。あいにくわしは左京大夫に祟られるようなことをした覚えはない」

しれっとした顔で言ってのける主人に、家臣はさすがに驚きを隠せなかった。

「そんな顔をするでない。わしが左京大夫をあしざまに罵《のの》ったはこの屋敷に入った日のこと。築山の上で、ざまあみろ、と叫んだだけじゃ。それだけじゃ」

宗広は「ちっ」と舌打ちした。

「それだけで十分だという顔じゃな。しかし考えてもみよ。当家が三百年に亘り安曇めに受けてきた辱めの数々を。ざまあみろと笑うくらいよいではないか」

「のう、そうは思わぬか」と迫られた家臣の代わりに「ンニャ」と答えたのは、廊下伝いに部屋に入ってきた猫だった。

「おお、左京！」

宗広は腕を広げて真っ白な毛に覆われた猫を抱き上げた。

「愛いやつ愛いやつ。そうそう、いまそなたの話をしていたところじゃ。や、違うな、そなたの元の飼い主の話をしていたところじゃ。だいたいそなたの面倒を見ているのだから、わしが左京大夫に呪《のろ》われるわけがない。むしろありがたがられているだろうよ」

ひゃっひゃと笑う主君に、家臣は諫《いさ》めるように「おそれながら」と口を挟んだ。

「猫を相手に戯れている暇はございませんぞ」

「心配するな。わしの方でも策は講じてある」

「殿が御自ら、でございますか？」

「六角屋の名でな」

「六角屋？　と申されますと、廻船問屋の六角屋のことでございますか」

江戸でも有数の大店と来栖家は、領内の物品の商いを通じて代々懇意にしている間柄だった。

「そうじゃ。御公儀にも世間にも当家自らが動いていると悟られぬようにな、六角屋に力添えを頼んで、この種のことに長《た》けている者をさがし出したところじゃ」

「医者でありますか」

「そうじゃ」

宗広の人差し指の先で、顎を撫でられている猫がぐるぐると気持ち良さそうな音を発した。

「七年前の天内の飢饉、そちは聞いたことがあるか」

「耳にいたしたことくらいは」

「九州の話だからな」

「大勢死んだとか」

「ああ、だが死なずに済んだ者もいると聞く」

「さようで。おそれながら、この話には詳しくありませぬ」

「かいつまんで話そう。あれは飢饉ではなかったらしい」

「なんと？」

「わしもこの目で見たわけではないので確証はないがの。どうやらあれは御公儀の言うような飢饉ではなく、実のところは流行り病だったようじゃ」

「病ですか」

「誰も見たことのないようなおそろしい病だったようだ。故に飢饉と偽っているらしい。しかし考えてみよ。郷ひとつ不作になったところでそうばたばたと民が死ぬものか。偽るならもう少しうまい嘘をつくべきだな」

「確かに。まして御領であれば御公儀より救済が入りますでしょうし」

「天内だけで収まったのは、長崎より呼んだ蘭方医の働きが大きかったからだと聞く」

宗広はここまで言うと、家臣の顔をじっと見た。

「ここまで言って、そちはなにも気付かぬのか？」

「殿は……まさかその蘭方医を？」

「ありがたいことに江戸にいてくれた。六角屋の話では、阿呆な天内の代官が口封じのために九州から江戸に連れ帰ったらしい。ま、こちらにとっては都合がよいことこの上ない。すぐに手の者を使わしたわ」

「なるほど！」

家臣はパシッと膝を打った。

「その流行り病を治療した蘭方医であれば、当家を煩わす珍しき病などにも詳しいやもしれませぬな」

「それよ。どうじゃ、目のつけどころが違うだろう」

「さすがは我が殿！」

如才ない家臣は、賢明にもこれが六角屋の手柄であることを指摘しなかった。

「ハッハッハッ、我が知恵をもってすれば、病のひとつやふたつ、どうとでもなろうぞ」

宗広の腕のなかで、猫の左京もニマニマと笑っているような顔をしていた。

「左京大夫め、来るなら来い。返り討ちにしてくれるわ！」

「まったくですな」

揃《そろ》って笑う主君と家臣の耳に、ドタドタと廊下に響く足音が聞こえてきた。

「誰じゃ、騒々しい」

「あの怒ったような足音は仁科殿かと」

「なんだ。目の前で腹でも切られたら迷惑だな」

軽口を叩いているところに、六尺（約百八十センチメートル）はあろうかという偉丈夫が飛び込んできた。

「殿！　奥方様が」

「なに？」

宗広の目が達磨《だるま》のように見開かれた。

「みつまでが腑抜けたと申すか」

御津《みつ》の方は三十七歳、宗広の正室であった。

「写経をなされていたところ、急にお倒れになられたと」

「倒れて、どうなった？」

「手足をふるわせ、いったん立ち上がられたかと思いきや、そののちは近くにいた者たちに……」

「襲いかかったか。ええい、もういい」

舌打ちした宗広の腕から左京が離れた。猫は畳に着地すると、「フニャア」と、独特の笑ったような顔で鳴いた。

「殿、この屋敷には悪霊が住み着いておるに相違ござらぬ」

家中随一の腕を持つ大男の手には来栖家代々に伝わる名刀・猪豚丸《いのぶたまる》があった。

「あ、お主、わしにことわりもなく勝手にそれを……」

「お叱《しか》りは悪霊を退治してからのこととしてくだされ。さあ、お命じを。どうかこの仁科に左京大夫が悪霊めの素《そ》っ首刎《くびは》ねて参れと」

「わかった、わかったからここで抜くな」

「もはや我慢できませぬ」

「落ち着いて茶でも飲め。そうじゃ本田、茶が届いておったな、うまいのが」

「はっ、江戸近在では知らぬ者がおらぬという猫手郷の茶葉が昨日届きましてござりまする。あと幾日もすれば採れたての二番茶も来るとか」

「公方《くぼう》様にも献上されるという銘茶じゃ。もったいないが、たまには皆に振る舞おうではないか。重臣たちを呼べ」

吝嗇《りんしょく》な宗広は、普段は自分と限られた者にしか猫手茶はやらずにいた。屋敷の中で猫手茶を飲めるのは宗広と御津の方と娘の綾乃、それに目の前にいる茶奉行の本田くらいなものであった。

「茶などと悠長なことを言っておる場合ではありませぬぞ」

「では仁科よ、悪霊とやらはどこに居るのじゃ。そう興奮してばかりでは始まらんぞ」

「悔しいのでございまする。上条様ばかりか、奥方様までが……」

「あれはそちがお気に入りだったからのう」

宗広がさほど取り乱していないのは、御津との間がすっかり冷めているからだった。

「口惜しゅうございまする」

「まあ、そこに座れ」

うな垂れた家臣は、刀を下げて座ろうとした。その瞬間だった。

「んがっ！」

突然、口を縦に開いた偉丈夫は、奇声とともに背をのけぞらせた。

「ぎ……ぐげごっ！」

「ど、どうした仁科？」

「仁科殿、いかがなされた」

背をそらしたまま、偉丈夫は「ご、げ、げ…」と苦しげな声を吐きつつ身体をぴくぴくとふるわせている。左右の腕は奇妙な形にひねられ、指先は影絵の狐《きつね》でも真似《まね》るかのように一本ずつ曲がったり伸びたりしている。袖口《そでぐち》から覗く肌には血管が浮き上がっていた。

「ぎゅぼ、ぼ、ぼううう」

「と、殿、これはまさか」

ひくひくと痙攣《けいれん》しながらも主君に向かって一、二歩前に出た偉丈夫を、家臣が「仁科殿、待たれい！」と遮った。

「にに、仁科、そちまで……」

とうの偉丈夫はといえば、血走ったふたつの目をぐるぐると回転させて、覚束《おぼつか》ない足取りで宗広たちの方に向かってくる。

「殿、お逃げくだされ！」

「ほほほ、本田、そちもじゃ」

「仁科殿！　お気を確かに！」

「無理じゃ。わっ、こいつ、抜きおった！」

でん、と音がした。名刀・猪豚丸を抜いた偉丈夫を前に、宗広は逃げるどころか尻《しり》餅《もち》をついてしまった。

「お……にょ……れ……」

偉丈夫の血走った目が二人を睨みつける。

「ば……くりょ……め」

「に、仁科、わしじゃ！　宗広じゃ！」

どうやら偉丈夫はかすかに正気を保っているようだった。しかし、目の前にいるのが主君だとはわかっていないらしい。

「殿、お逃げくだされ！」

「む、無理じゃ！」

「どうされました」

「腰が抜けた。抜けてしもうた」

「なんとお気の弱い」

「あ、お主、わしを侮辱するか」

「仁科殿、これは殿ですぞ。しっかりなされい、わっ！」

びゅん、と刀が振り下ろされた。偉丈夫をおさえにかかろうとした家臣はくるりと身体をひねらせ、主君の背後まで退いた。

「本田！　わしを盾にするか」

「咄嗟《とっさ》のことにてお許しあれ」

ぶん、ともう一振りきた。

「わひゃ！」

宗広と家臣は四つん這いになってそれを避《よ》けた。幸いなことに偉丈夫は常のような鋭い太刀は放てぬようだった。そのかわり、ぶん、ぶん、と闇雲《やみくも》に猪豚丸を振ってくる。

「ばぐりょめ…ぞにょぐび……ぎょごぜ……」

「本田、仁科はなにを言っているのじゃ」

「その首よこせ、と申されているのです」

「嫌じゃ、やらん！　わしは悪霊ではない。もし悪霊がおるとしたらそれは左京大夫じゃ！」

「まことにおそれながら、仁科殿の目には殿が悪霊に映っているかと」

「くそっ、左京大夫め。わが忠臣をたばかるか」

「まだ左京大夫の祟りとは決まっておりませぬ」

「祟りでも病でもなんでもいい。なんとかせい」

などと叫んでいる暇は、実際のところなかった。

「ぐおおおおお────っ！」

とうとう完全に正気を失った偉丈夫が咆哮《ほうこう》した。

「ややや、やめろ────！」

絶叫した宗広の髷《まげ》の上を真剣が躍った。座敷にパラパラと舞ったのは宗広の毛先であった。

「わわわっ！」

髷がくずれた大名は、蜥蜴《とかげ》のように畳の上を這い回った。

「だ、誰ぞある。一大事でござる！」

「ぐわあああああああ────────！」

奇声を喉から絞りあげながら暴れ回る偉丈夫の姿は、釣り針を呑んだ大魚のようであった。

「本田、なんとかせい！」

「と、申されても」

「これはそちの合戦ぞ、戦え！」

「いまは天下泰平の世にござる」

「ええい、そちはそれでも武士かー！」

「命あっての物種でござる！　って、わああー！　仁科殿、こっちに来るでない」

「わわわー仁科あああ、よせえええっ――――！」

「あああああああああああ――――っ！」

「ぎゃあああ――――っ！」

恐怖に包まれた叫び声は屋敷中に谺《こだま》した。

ほどなくして、異変を察知した家臣たちが座敷に駆けつけた。

彼らの目に映ったのは、腰を抜かして「あへあへ」と笑い泣きしている主君と、同じように床に手をついてガチガチと歯を鳴らせている重臣、そして猪豚丸を手に畳に突っ伏している偉丈夫の姿であった。

座敷は畳も障子も、部屋にもとからあった金屏風《きんびょうぶ》も虎《とら》の絵が描かれた掛け軸も、目に見えるものすべて刀傷だらけであった。

まだひくひくと手足の末端を震わせている偉丈夫に家臣のひとりが近づき、そっとその手から猪豚丸を奪った。その昔、足利《あしかが》将軍家より賜ったと伝わる名刀は、もはやどんなに優れた研師の手にかかってももとには戻らぬほどボロボロに刃が欠けていた。

惨事に荒れ果てた部屋のなかで唯一変わらぬものがあったとするならば、床の間にちょこんと座っている主君の愛猫であった。

「ニャア〜〜ン」

すべてを見ていたのであろうか。猫はその独特の笑ったような顔で一声鳴いてみせた。

三　三味線

明け六ツ（午前六時頃）、猫手長屋に朝がやってきた。

茶屋の横の裏木戸を開けるのは於巻の仕事だ。この朝、外に出た看板娘はきょろきょろと通りを見回しては首を傾《かし》げていた。

「へんねえ。栗坊ったら今日も戻って来やしない」

猫が姿を消してから、すでに二晩が経っていた。通りには納豆やしじみの振り売りが出て声を出している。

「おはよう、於巻ちゃん」

声をかけてきたのは長屋に住むおかみさんの一人だった。おおかた味噌汁の具でも買おうと外に出たのだろう。

「おはようございます」

「ぼーっと突っ立って、なにしているの？」

「栗坊が出てったきり帰って来ないんですよ」

「いつからのこと？」

「一昨日からずっと」

「さかりじゃないの。二日や三日は帰らないのは当たり前でしょ」

「ならいいんですけど」

「ほかの猫と喧嘩《けんか》して怪我でもしていなきゃいいけどね」

「あの子、賢いからそういうことはないと思うんです」

「さかりだとわからないわよ。まあ、傷のひとつやふたつつけてなきゃね。男なんだから」

「はあ」

「心配ないわよ。じき帰って来るから」

そう言うと、おかみさんはやって来た鰯《いわし》売りを呼び止めた。於巻も浅蜊《あさり》売りに声をかける。これから自分も朝餉《あさげ》の支度をし、寝ている代三郎を起こさねばならない。主に食事をさせたら早いうちに洗濯を済まし、大戸を上げて茶屋を開く。やることは山ほどある。

裏長屋もすでに動き出している。

路地を覗いてみれば、寝汗でもかいたのか、この時間からたらいを出して行水をしている住人がいる。

その横の軒先では、七輪《しちりん》の上で炭火にあぶられた魚が脂を落としては香ばしい匂いとともに煙を上げている。

奥の井戸からは、えっちらおっちら桶に汲んだ水を家へと運ぶ子どもの姿がある。

あと半刻（約一時間）もすれば、男たちはそれぞれ仕事へ、子どもたちは寺子屋へと出かけて行くし、居職《いじょく》の職人の家からは打ったり割ったりと種々雑多な物音が鳴り始めることだろう。

棟と棟の合間から、まだ寺子屋に入らぬ年頃の子たちのはしゃぎ声も聞こえてくれば、赤子の泣き声も響く。

それよりもかしましいのは井戸端に集うおかみさん連中の声だ。今日もああだこうだと人の噂に花が咲くだろう。そのなかにはきっと若い大家やその奉公人の娘の話もあるはずだ。これればかりはいかなる力をもってしてもとめようがない。

誰もが忙しく動くなか、唯一まったく動かずにいる者がいる。

朝餉の準備を済ませると、於巻はくうくうと鼾《いびき》をかいているであろうその怠け者を起こしに二階に上がった。

「こら代三郎、起きろ！」

頭から布団をかぶった相手は声をかけてもぴくりとも動かない。

「寝ているかと思ったら目を覚ましているんだから、そこは褒《ほ》めてあげる。早く起きなさいな。お味噌汁が冷めちゃうよ」

「なんで？」

布団から顔を出さぬまま代三郎が訊いた。

「なんで目が覚めているってわかるわけ？」

「見ればわかるでしょう」

於巻は手を伸ばして布団の端をつかんだ。

「こんなにきれいに布団をかけて。いつもの寝相の悪さを見ていればわかります。わたしが上がって来る音が聞こえたもんだから、慌てて蹴飛《けと》ばしていた布団をかぶったんでしょ」

「ばればれだねえ」

「はい、ばれていますよ」

ぐいっと引っ張ると、布団は呆気《あっけ》なくはがれた。下には、なかばはだけた浴衣《ゆかた》を着ている代三郎が転がっていた。

「今日は猫手村から肥え取《こと》りが来るんじゃなかったの。さっさと起きたら？」

「来たら勝手にやらせときゃいい」

「そんなこと言って。立ち会うのが大家の仕事でしょ」

「お前、立ち会ってくれよ」

「わたしは店がありますから」

「うんこくさいのは苦手なんだよ」

「そのうんこを持って行ってくれるんだから、ありがたいじゃない」

長屋の厠《かわや》にたまる排泄物《はいせつぶつ》は、近隣の農家に肥料として売るのが通例だ。

これは大家の収入源になるのだが、猫手長屋の場合は少し話が違う。住人たちが用を足してたまった「うんこ」は、すべて長屋の地主である代三郎の実家に引き取られる。これで代三郎が得る収入は皆無だ。

「それよか於巻、十文ちょうだい」

寝転がったまま、代三郎は手の平を於巻に差し出した。

「十文？　なにに使うの」

「湯屋に行って来る」

「はあ？」

「お前知らないの？　朝湯は気持ちいいんだぞ」

「朝湯が気持ちいいことくらいわかるけど、この間は湯屋に行くのを嫌がっていたでしょ。どうしたの急に」

「いやあ、ひさしぶりに入ったら気持ち良くってなあ。今度は朝湯に行こうって決めたんだ。どうだ、お前も？」

「店もあるし、わたしは湯屋はいつも通り夜のしまい湯でいいよ。その方がのびのびできる」

長屋の女たちは亭主や子どもを寝かしつけたあとに風呂に行くのが常だ。湯屋のなかにはいまだに男女混浴の入込湯《いりごみゆ》も少なくないけれど、晩ともなれば女ばかりとなることも多いのだ。

「そんなことよりも、栗坊が戻って来ないんだけど」

「何日目だろ」

あくびをかましながら代三郎が確かめた。

「今日で三日目だよ」

「さかりかなあ」

「ちょっとお兄さん。冗談で言っているんでしょうね」

「もちろん冗談ですとも。いけねえ、栗坊があんまり猫なもんだからそう思っちまうんだな」

「栗坊、日本橋に行ったはずじゃないの」

「それとも六角屋の船にでも乗って江戸の外に出てしまったかな」

「まさか」

「は、ないと思うけどな。なにか見つけたか、どこか別の場所に行ったか、そんなところじゃないか」

なに、と代三郎は首を左右に倒してコキコキと鳴らしながら言った。

「栗坊のことだ。心配ないさ」

「人相手になにかしているなら心配ないのよ。さかりの季節だからほかの猫に喧嘩でも売られているんじゃないかと思ってさ」

「まあ、確かに無粋なやつはいるよな。猫にも人にも」

「まさかと思うけど、魔物に……」

「大丈夫だよ。あいつは一人のときは危ない橋は渡らない」

「さがしに行こうかな」

「あわてなくていいさ。まだ三日だ」

そう言うと、代三郎は起き上がって寝床の横に転がしていた三味線に手をのばした。

「と言っといてなんだが、実は胸騒ぎがしてなあ。夢に出てきたんだよ」

「栗坊が？」

「ああ。どこだかわからないが、屋敷の廊下みたいなところにいた」

「また人様の家に上がり込んでいるのね」

「それだけならいいんだけどな。なんだかやばい感じがした」

「その勘、はずれていればいいんだけど」

「おいおい栗坊よ〜」

ベン、と撥《ばち》が弦をはじく。

べベンベンベンベン。座敷に鳴る音は開けた戸を越えて長屋中に響いている。

「どこ行った〜どこ消えた〜どこの屋敷でなにしてるるる〜〜」

即興の歌だった。なにかというとこうやっていい加減に歌い出すのは代三郎の趣味、というか習性のようなものである。

――届いてくれよ。

そう願って「るるる～」と歌いながら三味線をかき鳴らす。

ベベンベン、ベベンベン、ベベンベンベン！

三味線の師匠ならそこいらにいくらでもいるが、この若大家の三味線は一度聞けばすぐにそれとわかる。撥さばきが速いのである。

ベンベベンベン、ベンベベンベベン、ベンベベンベベン！

興が乗った。

こうなるとしばらく音は鳴り止《や》まない。熱を帯びた演奏がつづく。代三郎はかき鳴らす音のひとつひとつを確かめるように目を閉じ、指の動きに集中する。

客は於巻一人。その於巻といえば、音に合わせて身体を上下に揺らしている。

音がいっそう速くなる。まるでなにかを膨らましているかのようだ。

「代三郎」と呼ぶ声がする。外からではない。自分の内からだ。

「弾くときはしゃんとおし。そう、背筋を伸ばす！」

祖母だ。怠けた弾き方をしていると、祖母はよく弦に置いた手の甲を扇子でぴしゃりと打ってきた。

「これっ。本気でやらないと教えないよ」

厳しいことを言われるとすぐに投げ出してしまう自分が、唯一つづけたのが三味線の稽古《けいこ》だった。

祖母は、孫に三味線の才があると見るやすぐに専用の短棹《たんざお》を買ってくれた。長唄《ながうた》、小唄《こうた》、義太夫《ぎだゆう》、常磐津《ときわず》……奏者としてひととおりの曲は習った。いちばん楽しかったのは土地の歌を弾くときだった。童歌《わらべうた》でも踊りの節でも、即興でなんでも弾いた。

とりわけ得意なのは早弾きだった。最初は「品がない」と顔をしかめていた祖母も、ある頃からは「好きに弾くのがいちばんさ」と、とやかくは言わなくなった。匙《さじ》を投げていたのかもしれない。

七つのとき、代三郎がどこからか新しい大人用の三味線と子猫を持って帰って来たとき、祖母は「おやおや」と、あきらめたように笑った。そしてこう言った。

「お前、大猫さまに見込まれたようだね」

あとはなにも訊いてこなかった。代三郎もそれを自然なことと受け止めた。

祖母は、孫に託された役目のことを知っていたのかもしれない。

しかし、もうそれを確かめることはできない。祖母は代三郎が十二のときに亡くなった。ある日、三味線の出稽古に行ったきり、帰らなかったのである。最後に姿を見たという村人の話では、祖母は川の土手を歩いていたという。

さがしてみると、祖母の抱えていた風呂敷《ふろしき》や草履の片方だけが川岸で見つかった。

が、祖母はどこにもいなかった。おそらくなにかのはずみで淵《ふち》にでも落ちて、そのまま流されてしまったのだろう。家族はそう自分たちを納得させるしかなかった。

どんどん膨らんでゆく音は、ほどなくして長い一律の響きとともにしゅうと縮んで消え去った。

「ふう」

瞼《まぶた》を開いた代三郎は、横に立っている於巻を見た。

「わたし、好きだな。代三郎さんの三味線」

「なにを言っているんだ」

「いい音だよね」

「お前、それ何回言った？」

「いいじゃん、聴くたびにそう思うんだから」

「なんにも出てこねえぞ」

「別になにもほしかないよ」

それより、と於巻は手で代三郎をどかすと布団をたたみにかかった。

「下に降りて朝餉を食べて。湯屋に行くなら行くで支度をして」

「はいはい」

「すぐ行くから先に食べていて」

急かされた代三郎は階下の居間へと移動した。膳にはすでに朝餉が用意してある。

「いただきます、と。おや、今朝は浅蜊か」

味噌汁をすすると、むいた浅蜊の出汁《だし》がよくきいていた。

「ンまい！」

これが江戸のいいところだ。味噌汁の具ひとつとっても朝から新鮮な海の物が手に入る。猫手村に住んでいた頃はこうはいかなかった。行商人が魚を売りに来るのは三日に一度。冬でもなければ生魚などは食べられなかった。

今日はその猫手村から人が来る。肥え取りだけではなく、ひょっとしたら茶が運ばれて来るかもしれない。年に四回ある収穫期がそろそろなのだ。

〈村にも帰っていないな〉

今年は正月にも帰っていない。最後に戻ったのは去年の猫手神社の例大祭だから、かれこれ一年近くになる。神田から三里と少しの距離は一日あれば歩ける距離だが、といってそうそう頻繁に行き来できるような近さではない。ただ例大祭だけは、子どもの頃からの務めで狩衣《かりぎぬ》を着てお祓いに立つことになっているので欠かさず帰っていた。

——だいたい家に帰ってもやることないしなあ……。

家業の製茶業は二人の兄が継いでいる。名主の仕事も然《しか》り。父はといえば道楽の私塾経営のほかはすっかり楽隠居の身だ。三男の自分などいようがいまいがどうでもいい存在で、戻ったところで待っているのは兄たちの小言くらいなものだった。

といって、代三郎は故郷が嫌いなわけではなかった。

猫手村は北に行けば甲州《こうしゆう》街道、南に行けば大山《おおやま》街道というふたつの街道に挟まれた農村で、室町《むろまち》幕府の昔、代三郎の祖先が帰農して拓《ひら》いた村であった。

居着いた当時は濱田家も米や野菜を作っていたというが、ある頃から自家用の茶を栽培するようになった。それがいつの間にかうまいと評判になり、江戸期に生産量を拡大して茶商となったのだった。

故郷を思うとき、代三郎の瞼に浮かぶのは起伏に富んだ大地に広がる一面の茶畑だ。畑と畑の間を小さな川が流れ、雑木林には虫や鳥たちが遊ぶ。奥の山に鎮座するのは、代三郎の家が管理を任されている猫手神社だ。

神田の町の賑わいは嫌いではない。袖摺《そです》り合うような長屋の人たちとの暮らしも悪くない。ここでは芸達者な三味線弾きはそれなりに羨望《せんぼう》の目で見られる。

とはいえ、緑の薄い町にいると、ときおり故郷が恋しくなる。そんなときはきまって栗坊もニャアニャアと鳴きつづける。いつもとは鳴き方が違うからすぐにわかる。

「帰りたいなら帰ろうぜ」と、そう言っているのだ。

いよいよ我慢ができなくなったら、三味線ひとつ持って帰る。

家族にはちらっと会うだけで、あとは幼友達の家を訪ねたり、父の私塾に居候する文人や学者を相手にお喋りを楽しむ。家庭のなかに居場所はない自分だけれど、さいわいなことに家そのものは馬鹿でかくて、兄たちの目に触れずに済む場所はいくらでもあるのだ。

「今年も猫手神社の例大祭が近いし、帰るかねえ」

一人で呟いていると、於巻が入って来た。

「帰るって、村に？」

「なんだ、聞こえていたのか」

「於巻は地獄耳だよ」

「違うだろう。壁が薄過ぎるんだ」

「お祭りは帰らなきゃ駄目でしょ」

「ああ、帰るとも。近頃三味線の音が鈍《なま》ってきた。大猫さまに祓ってもらわないとな」

「鈍ってきた？　そうは聞こえないけど」

「弾いているとわかるんだよ」

「ふうん。なら帰らなきゃね」

「浅蜊、うまいな」

「栗坊にも食べさせてあげたいんだけどね」

「心配するな。今日あたり戻って来るだろうよ」

「やっぱさがしに行こうかな」

「お前がいないと俺が困る」

「たまには困るといいです」

軽口を叩きながら朝餉を楽しんだ。

「どれ、湯屋に行くかな」

いつもなら食事のあとはそのまま座敷でごろごろするところなのに、今日は外に出てみたい自分がいる。もしかしたら湯屋は言い訳で、自分でも栗坊のことが思いのほか気になっているのかもしれなかった。

さっきの三味線の音は届いただろうか。よほど近くにいなければ届くわけはない。それでも届けと願って弾いたのだ。あの猫は、代三郎が三味線を鳴らすと活気づく。昔からそうなのだ。

支度をして外に出た。

東に向かえば大川《おおかわ》、両国橋《りょうごくばし》へと至る通りはすでにけっこうな賑わいだ。棒手振《ぼてふ》りたちがそれぞれの商品を籠《かご》や箱に入れて背負ったり天秤棒《てんびんぼう》に下げて歩いている。中には朝早いうちに商品をおおよそ売り切ってしまった青物売りなどもいて、晴れ晴れとした顔で空の籠を担いでいる。

町木戸の前を過ぎようとしたところで「旦那」と声がかかった。木戸の番をしている清吉《せいきち》だった。木戸番は番屋の前で商いの品の草履を紐《ひも》で束ねているところだった。

「こんな時間に外で旦那の姿を見るのはめずらしいですね」

「清吉さん。旦那はよしてよ」

「若くったって旦那は旦那ですよ」

「みんなみたいに代三郎さんでいいよ。こっちは呼び捨てだってかまわないんだよ」

清吉も猫手長屋の住人だ。女房と年頃の娘の三人で住んでいる。二人いる息子はそれぞれ大工の親方について修業をしている。清吉自身は木戸番を務めながら番屋を店にして草履や手拭《てぬぐ》いといった生活用品を商っている。

「代三郎さんよりも旦那の方が短くていいですよ」

「それならいいけどさ。どうも慣れなくてね。そういや清吉さん。うちの栗坊を見なかったかい」

「栗坊ですか、そういやここ二、三日見かけませんね。いなくなりでもしましたか」

「うん。遊びに出たきり帰りやしない」

「あれも男だ。どこか雌《めす》のところに行っているんでしょう」

「みんなそう言うね」

「栗坊はまだ死ぬ歳じゃないでしょうよ。だったらさかりがついているんでしょう。ほかになにがありますか」

「あれでけっこう歳なんだけどね」

「へえ。猫ってのは人ほどは見かけじゃ歳はわかりませんもんね」

「いくつか聞いたら驚くよ」

「いくつなんで？」

「二百歳」

ぷっ、と木戸番は吹いた。

「どっからそんな数を持ち出されんだか。旦那、騙《だま》すならもうちょいうまい嘘をつかなきゃいけませんよ」

「あはは」

笑ってやり過ごして、木戸を通った。

四　湯屋

角を曲がり、横町を少し歩くといちばん近い湯屋《ゆうや》だった。

「ゆ」と染め抜かれた布が道の先に見える。「御免よ」と男湯の暖簾《のれん》をくぐると、高座にいる主人が「おや」という顔をした。

「朝から風呂《ふろ》とは、湯屋嫌いの猫手屋が少しは粋《いき》なことを覚えたようだね」

猫手屋は代三郎が営んでいる茶屋の名だ。

「みなさん、そんなに朝から俺《おれ》の顔を見るのがめずらしいかな」

於巻にもらった十文を主人に払う。以前は八文だった湯屋代は、このところの諸物価の高騰で値上がりしていた。御上《おかみ》はやれ改革だ倹約令だと躍起になっていたけれど、庶民の生活はじりじりと厳しくなってきている。

「嵐《あらし》にでもなんなきゃいいけどな」

代三郎は湯屋にはときどきしか現われないが、主人の方はちょくちょく茶屋にやって来る。清吉と同じで歳《とし》は親と子くらいに離れているが、軽口を叩《たた》きあえる仲だった。

「ずいぶんな言われようだなあ」

「どうしたね。今日は身ぎれいにしなくちゃならない用事でもできたのかい」

「なんにも。湯に浸《つ》かるのが気持ちいいって思い出してね。それで朝風呂と洒落込《しゃれこ》んだわけです」

答えながら草履《ぞうり》を脱いで脱衣所の床に上がった。

「感心なことだ。どうだ、いっそ留桶《とめおけ》にして毎朝来るってことにしちゃ。於巻ちゃんはそうしているぜ」

「うーん、考えとくよ」

月払いの留桶にすれば自分だけの桶が借りられる。金もいちいち払うより半分程度で済む。ただしそれは「毎日来たら」の話だ。

「考えるこたあない。絶対得だから」

「今日はそんなに銭がないし」

「茶屋の主《あるじ》がなにケチ臭いこと言ってんだ。払いなんかつけでいいよ」

「俺は主じゃないよ。あの店は親父《おやじ》のだもの」

あ、そうだ、と草履を下駄箱に置いたところで思い出した。

「そろそろ摘みたての二番茶が入るよ。荷が届いたら旦那《だんな》の分は取っておいてあげるよ」

「そいつはありがたい」

稀少《きしよう》な茶が手に入るとあって、主人は芯《しん》から嬉《うれ》しそうな顔をした。

猫手茶の栽培量はけっして少なくないけれど、摘みたての高級茶となると出回る分は限られている。それも近頃《ちかごろ》は裕福な武家や大店《おおだな》に買われることが多いから、うかうかしているとすぐになくなってしまうのだ。

代三郎の茶屋で普段客に出している茶だって、同じ猫手茶でも質がひとつ落ちる安価な茶だ。もっとも、これでもそこらの茶よりはずっとうまいと評判なのであったが。

主人は身体《からだ》を洗うための糠袋《ぬかぶくろ》をひとつ手渡してくれた。

「銭は要らないから使いな」

「面倒くさいなあ。掛かり湯だけで十分だよ」

「たまには垢《あか》を落とすといい。三助《さんすけ》も頼みな」

「じゃあ、お言葉に甘えるとしますわ」

脱衣所で帯をほどき、竹簀《たけす》の子《こ》をまたいで洗い場に入った。朝とあって洗い場にいるのは仕事のない年寄りが多い。

「御免なせえ。旦那、背中を流しますよ」

一人で掛かり湯をもらって浴びていると、三助が声をかけてきた。主人に指図されたらしい。

「それじゃ頼みます」

背中を三助に預けて、高い天井を見上げる。窓から光が入っているので八間《はちけん》に灯はともっていない。

「あいたたた、もうちょいやさしくやってくんない？」

ちょっと垢を擦《こす》られただけで文句を垂れる代三郎に、三助は「へえ」と気のない返事を寄越《よこ》す。

「あいたた。だからやさしくってば」

「主に言われてんでさ。しっかり垢を落としてやれって」

「適当でいいよ、適当で」

「しっかりやんねえとあっしが叱《しか》られます」

「垢が落ちたかどうかなんてわかりやしないよ」

「いや、肌が赤くなるまで擦りゃあわかるってもんですよ」

「そんなに擦ったら痛くてたまんないよ」

「へへへ。冗談ですよ」

三助は笑いながらも力を抜かない。おかげで擦るたび皮が剝《む》けそうな思いだ。

「いたた。やめてやめて」

「根性のねえ旦那だな。それでも江戸っ子ですかい」

「俺はよそ者だよ。猫手村から来たの」

「猫手村？　はあ、猫手長屋の若い大家ってのは旦那のことですかい」

「それそれ。江戸っ子とは違うの」

「於巻ちゃんは、ありゃあきっぷのいい娘だな」

「なんだよ、俺のことは知らないのに於巻のことは知っているんだ」

「毎日のように来てくれますからね。茶屋に行ったことだってありますぜ」

「あいつと俺は兄妹《きょうだい》みたいなものさ。血はつながっちゃいないけどね」

「はあ。あっしはまたてっきり外から雇った看板娘かと思っていましたよ。こら失礼を」

「別に失礼でもなんでもないさ」

「あ、思い出した。旦那は確か三味線《しゃみせん》の師匠《ししょう》でしたね。誰《だれ》かがそう言っていたなあ」

「師匠なんてたいしたもんじゃないよ。ただ鳴らしているだけ。どうせ客の誰かがなんか言っていたんでしょう。うるさくてかなわねえとか。長屋の連中が言いそうだ」

「いや、そういうわけじゃ……」

図星らしい。

「三味線ばかりかき鳴らして、町役人《ちょうやくにん》の仕事のひとつもしない物臭《ものぐさ》だって」

「いやいやいや」

おおいに図星のようだ。けれど、それでいい。

「ときに三味線は、誰か師匠について教わったんですかい」

「おばあちゃんが師匠さ。子どもの頃、勝手におばあちゃんの三味線をいじっていたら、これがおもしろくってね。おばあちゃんも筋がいいっていうんで教えてくれたのさ。うちは兄が二人に姉が一人いるけど、きょうだいじゃ俺だけだね。三味線を習ったのは」

「いいもんですねえ。歌なんぞよりよほどいい」

「そうかい」

「湯屋にいますとね。一日中誰かの歌を聞かされることになるんですわ。これが上手なら文句ねえんだけど、ただ唸《うな》っているような歌ばっかりでね。飽き飽きしてんでさあ」

言われてみれば、まだ空いている朝湯だというのに、石榴口《ざくろぐち》の向こうの浴槽からは誰かの歌声がしている。

「はいよ、できあがり」

ぱん、と背中を叩かれた。

三助が離れたところで石榴口の横の窓から上がり湯をもらい、垢を流した。

身を屈《かが》めて鳥居のような石榴口を通ると、途端に視界が暗くなり、朦々《もうもう》たる湯気に包まれた。

「御免なさい。入りますよ」

浴槽にいるのは二人くらいか。暗さに目が慣れていないのでよくは見えない。

湯舟の縁《へり》をまたいで足を湯につける。

「あちちっ」

思ったとおり、朝一番の湯は熱い。おまけに垢を擦られたばかりだからひりひりする。

「こりゃあ染みるなあ」

泣きそうな声を出していると、「熱いのがいいんだよ」と知っている声がした。

「おや、その声は寛二《かんじ》の親方」

「ん？」

代三郎に呼ばれた初老の男が湯煙のなかで顔を近づけてきた。

「おお、怠けた頭しているから誰かと思や代三郎さんか」

寛二は茶屋の常連客で、界隈《かいわい》に何軒かの髪結い床《どこ》を持つ親方だった。本人は半分隠居の身で、髪結いとしての仕事は、月に数度、贔屓《ひいき》にされている武家の屋敷や大店に通うくらいだと聞いている。

どうやらさっき聞こえた歌声の主は寛二だったらしい。

「怠けた頭はないなあ」

「あいかわらずの散切《ざんぎ》り頭だな。俺んとこ来りゃきれいな月代《さかやき》にしてやるってのに」

「月代は面倒でいけないよ」

あちち、と呟《つぶや》きながら、寛二の隣に身を沈めた。

「だいたいどこの誰なんだい。月代なんてもんを始めたのは」

「おかしなことを聞くな。そんなこと言うやつははじめてだ」

「生える毛はそのままにしときゃいいじゃないか。前からそう思ってんだよね」

「ものぐさなこった。眠気覚ましに朝湯かい？」

「そんなとこだね。親方は？」

「俺は今日は青山の来栖様のお屋敷で仕事だったんだけどな。来なくていいって言われちまってな」

「来栖様。聞いたことあるなあ。旗本だっけ？」

記憶にある家名だった。

「六万石のお大名だよ。当主は来栖宗広様。うちは親父の代から贔屓にしてもらっているんだ」

「殿様の髷《まげ》を結っているのかい」

「とんでもない。さすがに畏《おそ》れ多くてそれはできないや。俺がやっているのは御家来衆さ。ついでに御小姓《おこしょう》衆に結い方を教えているんだ。で、俺から教わった御小姓衆が殿様や御家老様の髪を結うってわけだ」

「にしても、大名家の髪結いとはすごいなあ」

「大名だって旗本だって髷は結わなきゃならねえからな」

ただ、ここだけの話な、と寛二は声を低くした。

「お武家さんは吝《しわ》くていけねえ」

　黙って聞いている代三郎に親方はつづけた。

「ことに来栖様なんざ相当お台所がお苦しいみたいでな。年に一度の払いが前より減ってんだ。いいかい、髪結い風情《ふぜい》に払う金をまけろだなんだ言っているんだから、こりゃあよっぽどのことだ。やっぱりあれかね、こう言っちゃ申し訳ないが不相応な屋敷なんぞもらっちまったからじゃないか」

「不相応な屋敷？」

「なんだ、知らねえのか。三年前、安曇二十八万石がお取《と》り潰《つぶ》しになったろ。安曇様といやあ御三家並に広い上屋敷を持っていたお大名様だ。その屋敷をもらったのが来栖様ってわけだ」

「六万石の来栖様が二十八万石の上屋敷か。はあ、すごいね」

「あんまりすげえって調子じゃねえな。まあいいや、ともかくそんなでっけえ屋敷をもらっちまった来栖様は金子《きんす》にお困りなわけだ」

「なんで？　俺だったら喜んじゃうけどな」

「おいおい、考えてみろ。上野《うえの》の不忍池《しのばずのいけ》と同等か、それよりもっと広いかもしれねえお屋敷だぞ。庭ひとつ手入れするんだっていくらかかるかわかったもんじゃねえ。俺も見せてもらったことがあるが、あの屋敷の法月園っていったら江戸でも五本の指に入る名園だ。金がいくらあったって足りやしねえだろうさ。しかも、だ」

寛二は、目をほそめて湯舟の内と外を窺《うかが》った。なかにいるのは代三郎の他にもう一人、寛二と代三郎のちょうど聞くらいの年嵩《としかさ》の男がひとりいるだけだった。暗さに目が慣れてきたのでそれくらいは判別できた。

「前に小耳に挟んだんだよ。来栖様の六万石ってのはどうやら表向きの話らしいんだ」

「なんだいそりゃ？」

「実際のところは三万石かそこいらしかねえって話だ。まあ、三万石ったって、俺たちから見りゃ途方もねえ米の量だけどな」

「なんだかわかんないな。どうしてそんな嘘《うそ》をつくのさ」

「見栄《みえ》だよ見栄。御曲輪《くるわ》の内側じゃお大名も石高で扱いが変わるんだそうだ。来栖様っていやあ源平《げんぺい》の昔からつづく家柄だって話だし、三万石じゃ格好がつかねえんだろうよ。本当は十万石を名乗りたいらしいんだけど、さすがにそこまでやると今度は賦《ぶ》役《えき》が大変らしい。で、間をとって六万石にしたってわけだ」

「へえ。お大名も見栄を張るんだね」

「痛し痒《かゆ》しってとこじゃねえか。格が上がるのは結構でもな、そのぶん物入りになる。だから頭のいいお大名はな、たとえば伊達《だて》様や毛利《もうり》様みてえに最初から格の高い国持ちのお大名は逆に表高を低くして懐《ふところ》に銭と米を蓄えているらしい」

「はあ、そうなんだ」

「もっとも、俺はそういうふうにこずるい連中は町衆だろうがお大名だろうが好きじゃねえ。その点、来栖様は見あげたもんだ。噂《うわさ》じゃ、銭がかかるってんでほかの大名が臆《おく》して引き受けなかった安曇様の上屋敷を三万石の身代《しんだい》で貰《もら》い受けたっていうんだ。来栖様は西国のお大名だけど当主の宗広公は生まれも育ちも江戸だ。気風《きっぷ》の良さは俺ら町のもんと変わんねえのかもしんねえな」

「聞いていると、なんか好きになるね、そのお殿様」

「おうよ。俺も一度お目通りかなったことがある。いいか、俺みてえな町人風情に殿様が会ってくれたんだぞ。さっきはつい吝いなんて言っちまったけどな、俺にとっちゃ晴れの一日だったな。お、なんだもう上がるのか」

「熱くってね」

実際、のぼせそうだった。背中もちりちりする。

「情けねえな。こういうのは痩《や》せ我慢してぶっ倒れるまで入るもんだ」

親方がまだ話し足りなそうなので縁に腰掛けて相手をすることにした。

「ところでさ、思い出しちゃったよ」

「なにをだい？」

「その来栖様って、うちのお得意様だったんじゃないかな」

「得意って、来栖様がお忍びで茶屋に来るってのか」

「早とちりしないでよ。確か俺の郷《さと》でつくっている茶を買ってくれているはずなのさ。聞いたことがあるよ」

「猫手茶をね。そらあり得るな」

「それもいちばん高い三碧露《さんぺきろ》を頼んでくれていたはずだよ」

三碧露は実家で採れる煎茶《せんちゃ》のなかでもとりわけ旨味《うまみ》が濃いとされる稀少な茶だった。色は泉を思わせる碧《あお》。どういうわけか三本の木にしか葉がつかないから「三碧露」と呼ばれている。

「ほお、碧い茶とはめずらしいな。普通の茶とどう違うんだい」

「めずらしいだけだよ。採れるとうちにも少しは分け前がくるけどさ、俺に言わせれば並の茶と風味なんざ変わりやしない」

「そんなこたあねえだろ。うまいはずだよ。それはともかく合点がいった。その碧いって茶はおそらくお殿様が庭園の茶室で嗜《たしな》んでおられるんだろうよ。安曇様の屋敷だった頃は公方《くぼう》様も来たっていう庭だ。いつ誰が来てもいいように茶も特別なもんを用意しているんだろうな」

「物入りなわけだね」

「そういうこった。それにしてもどうしたんだろうな。急に来なくていいだなんてよ。俺なんざ門前で追っ払えばいいものを、わざわざ使いまで寄越してよ」

「親方はどなたの髪を結ってたのさ」

「何人かいるが、とりわけ贔屓にしてくれてんのは目付《めつけ》の仁科様って方さ。仁王様みたいにでかくて、お武家じゃなきゃ相撲取《すもうと》りにでもなったらいいって御人だ。けどまあ、心根の優しい人でなあ、町人相手でも分け隔てなく話してくださる人なんだよ」

「大名屋敷で髪を結うなんて、冥土《めいど》の土産《みやげ》になるね」

「勝手に殺すんじゃねえよ」

「来なくていいってのは、その仁科様って御人が忙しいだけじゃないの。じゃなきゃ病で臥《ふ》せったとか」

「あの仁科様が病？　だとしたら鬼の霍乱《かくらん》だな」

ありえねえ、と笑った寛二だが、すぐに難しい顔になった。

「病か……」

「どうしたの？」

「そういや、最後に行ったとき、おかしなことがあったな」

「おかしなことって？」

「屋敷の中でどなたかお倒れになられたらしいんだ。御家来衆や女中たちが騒いでいるのが聞こえた。俺はそのとき本田様っていう仁科様と御同役の方の髪を結っていたとこだった。その本田様のところに若い侍がやって来てこう言ったんだ」

「どう言ったの？」

「どなたの名前を言ったんだか忘れちまったけど、そのあとの一言は覚えている。腑《ふ》抜《ぬ》けましたぞ、と言ったんだ。それを聞いた途端、半分寝惚《ねぼ》けていた本田様がかっと目を開かれてな。下ろした髪を振り乱しながら出て行っちまった。俺はどうしたものか、勝手に屋敷のなかをうろつくわけにもいかないから部屋で待つしかない。じきに本田様は戻って来たけどな。どうも落ち着かぬ様子で、早くやってくれ、とそればかりだった」

「腑抜けました……なんだろうね」

「わからねえ。確かにそう言ったんだ」

「腑抜けなら、ここに一匹いるけどなあ」

「なんだ、俺のことじゃねえだろうな」

「俺のことだよ」

「ははは。どれ、長話が過ぎたみてえだ。あがるとするか」

湯舟の端を見ると、さっきいた男はとうの昔にあがって姿を消している。石榴口の内にいるのは代三郎と寛二だけだった。

「親方はよくこんな熱い湯に長くつかってられんね」

「慣れだよ、慣れ」

そう答えた寛二だったが、身体はそうは言っていなかった。縁を越えたかと思ったら、髪結いの親方は足をふらつかせた。

「親方、あぶな……」

代三郎が手を差し出すよりはやく、どしん、という音が響いた。

「親方！」

目の前には意識を失った寛二が倒れていた。

「誰か。寛二さんがのぼせて倒れたよ。手を貸してくれ」

すぐに三助やほかの奉公人たちが飛んできた。倒れた寛二をみんなして洗い場へと引きずり出して水をかけた。親方の意識はなかなか戻らなかった。こういったことはよくあるのか、主人は動じずに番屋や医者のところに人を走らせた。

のんびりするつもりが、とんだことになった。

「これは中風《ちゅうぶう》かもな」

腕を組んで見下ろす主人に、代三郎は裸のまま「冗談じゃないよ」と訴えた。

「俺と話している間に長湯が過ぎて中風なんかになられたんじゃ寝覚めが悪いや」

「いいや、気にしなくていいさ。親方は前から長湯でね。気を付けておくんなさいと言っていたんだよ。ちっとも聞いてくれないから困っていたのさ。今日でなくてもいずれはこうなっただろうな」

「まいったなあ」

代三郎は目を閉じている親方の頬《ほお》を叩いた。

「ねえ、起きてよ。寛二さん」

呼ぶと、「うーん」といううなり声とともに寛二が目を開いた。

「あ、起きた」

代三郎や三助たちに起こしてもらった寛二は「俺としたことが」と照れ笑いを浮かべていた。

「なんの話をしていたんだっけ。すっかりのぼせちまったみたいだ」

「心配かけないでよ。冥土の土産なんて言ったのが悪かったのかなあ」

これ以上いても、どうもろくなことが起きそうになかったので、さっさと着物を着て帰ることとした。

「やっぱり俺は膝《ひざ》より深い水のあるとこは駄目だなあ」

自分にだけわかるぼやきを口にして、代三郎は湯屋をあとにした。

五　栗坊

猫手長屋に戻ると、茶屋の前に馬がつながれていた。

馬子たちが裏木戸を通って店の横の土蔵に荷を運び込んでいる。どうやら二番茶が採れたようだ。

実家では茶が採れると、江戸で売る分を猫手長屋に運び、蔵に入れておくことになっている。あらかじめ得意先ごとに仕分けはしてあるので、売るときは自分の買う分を引き取りに来た客にそれを渡せばいい。ここで相手としているのはたいていは小口の客で、大量に買い付けてくれる大店や身分の高い武家、寺社などには村から直接納めに行くのが慣例だった。

茶屋を覗《のぞ》くと於巻の姿はなく、かわりに長屋のおかみさんのひとりが店番をしていた。

聞けば肥え取《と》りも来ているとかで、於巻は留守の代三郎に代わってそっちの作業に立ち会っているようだった。

「風呂から上がったばかりで肥え取りかい」

わかってはいたことだ。若い娘の於巻に肥え取りはちとひどいかと、裏木戸をくぐって厠《かわや》に行くことにした。すると蔵の入口に、於巻と帳簿を手にした慎之助《しんのすけ》がいた。於巻は厠ではなく荷解きに立ち会っていたらしい。

「やあ、今日は慎さんだったか」

慎之助は二歳離れた姉の夫だ。荷車が来たから誰か実家の人間が一緒だろうとは踏んでいたが、慎之助だったのは助かる。もし二人いる兄のどちらかだったら、働きもしないのに朝から湯屋に行っている弟をどやしつけたに違いない。

「おう、代三郎さん。勝手にやらせてもらっているよ」

慎之助は父の私塾の雇われ塾頭だ。製茶業の書き入れ時はこうして家の手伝いもしていた。

「暗いうちに出たんでしょう。ごくろうさん」

言いながら、代三郎は於巻の腕の中に栗坊がいるのを見つけた。

「おっ、やっとこさお帰りか」

「さっき慎之助さんたちと一緒にね」

よしよし、と於巻は猫の頭を撫《な》でた。「慎さんたちと一緒って、どういうこと？」

「それが聞いてよ。この子どこにいたと思う？

「どこってどこだ？」

「青山にいたんだって」

「青山？」

「そうよ。日本橋どころか溜池《ためいけ》の向こうよ」

「そんな遠くにいたのかい」

「俺も驚いたよ」

慎之助は於巻の胸元にいる栗坊を覗き込むように腰を曲げ、「本当に、どうしてあんなところにいたんだ」と話しかけた。それに栗坊が「ニャア」と答えた。

姉の夫は顔を上げて代三郎と於巻を見た。

「びっくりしたよ。ちょうど来栖様のお屋敷の前を通っている時さ。俺たちが馬を引いていたら、目の前にこいつが現われて飛び乗ってきたんだ」

また「来栖様」だった。

「来栖様って、うちの茶を買ってくれているお大名だったよね」

「ああ。今日は行かなかったが、三碧露の二番茶も摘んでいるところだし、そろそろまたお届けにあがらなきゃならないな」

「その来栖様の屋敷から栗坊が出て来たっていうの」

於巻が訊《き》いた。

「か、どうかはわからない。ふと見たらもう道の上にいたからね。うん？　代三郎さんのところの栗坊にそっくりな猫だなと思ったら、首に紐《ひも》はついているし、本当に栗坊だった。まさかあんなところまで他出するとは驚いたやつだな」

「ふーん」

代三郎が見つめていると、栗坊はもぞもぞと動き出した。

「わかったわかった。抱かれるのに飽きたのね」

於巻が腕をゆるめると、猫は地面に飛び下りた。

「ちゃっかりしたやつだからさ。慎さんたちが通るのを知っていて待ち伏せていたんじゃないかな」

尻《しり》を振りながら母屋の陰に隠れた栗坊を目で追いながら、代三郎は言った。

「俺たちが通るのを知っていたっていうのかい。そりゃあないだろ」

「あいつのことだ。行きも誰かの馬か、さもなきゃ駕籠《かご》にでも乗っかって揺られていたんじゃないかね」

「猫が駕籠か、そいつはいい」

「あら、慎之助さん。栗坊ってとっても賢いのよ。そのへんのバカな人間よりずっとお利口さんよ」

看板娘の目には代三郎が映っている。

「賢いっていうより、あいつの場合はお調子者だろう」

「誰かさんとそっくりね。気儘《きまま》なところといい」

「俺はお調子者じゃない。怠け者だけどさ」

「自分で言ってりゃ世話ないわ」

言いあっていると、慎之助が「くくく」と肩を震わせた。

「あいかわらず仲のいいことだな。今夜は邪魔かもしれないが泊めてもらうよ」

「邪魔だなんてとんでもない。ゆっくり休んでいってよ。慎さんと会うのもひさしぶりなんだしさ」

本音だった。

「それなら今夜は代三郎さんの三味線でも聴かせてもらおうかね」

「そうしておくれ」

兄や姉は苦手だが、代三郎はこの義兄は好きだった。

慎之助は北国の出身で、若い頃は江戸で師について国学を学んでいた。その後、祖父が猫手村に開いた私塾に教師として招かれ、そのまま姉と夫婦になった。故郷を出て江戸に暮らし、それからまた別の土地で暮らす。こうした人生を辿《たど》ってきたせいか、慎之助にはどこか帆掛《ほか》け船のようなおおらかさがあった。それが代三郎には一緒にいて心地良いのであった。

「そういえば、良明……巡啓先生は達者かい」

慎之助は巡啓とも仲がよかった。

「お元気でやっていますよ」

於巻が答えた。

「まだ町医をやっているのかい」

「はい」

「あれで性分に合うみたいだよ」

代三郎の言葉に、慎之助は小さく笑った。

「惜しいよな。あの人であれば御公儀にだって召し抱えられるであろうに」

「それが慎之助さん、巡啓さんったらすごいんだよ」

於巻がいたずらっぽく笑った。

「すごい？　なにがすごいんだい」

「うふふ。本人から聞くといいよ」

噂《うわさ》をすればなんとやらで、立ち話をしていると巡啓が路地の奥からやって来た。巡啓はひさしぶりに会う慎之助に「おお」と嬉しそうな顔をした。

「これは慎之助先生、おひさしぶりです」

「こちらこそ。お顔を見るのは二年ぶりですかな」

国学者と医者は私塾では同僚だった。

「お出かけですかな」

「ああ、いや、迎えが来ることになっていましてな」

「もしかして、六角屋さん？」

横から口を出す娘に、巡啓は少し照れた顔で「うむ」と頷《うなず》いてみせた。

「六角屋というと、廻船問屋の六角屋ですか」

慎之助は、あらためるように巡啓の足もとから頭まで視線を走らせると、口もとを綻《ほころ》ばせた。

「なるほど、大店の主人か誰かが臥せってでもおいでか。さすが小石川先生……いや、巡啓さんだ。名を変えても評判が立っているようですね」

「あ、いや、そういうわけでも……」

よほど嬉しいのか、慎之助は何かを言いかけた巡啓を無視して喋《しゃべ》りつづけた。

「だいたいここは江戸ですぞ。医者をやるのになんの遠慮があるものですか。やあ、神田の人たちは運がいい。こんな名医が近くにいるのだから」

「違うんですよ、慎之助先生。素性が割れてしまっていたんです」

その一言に、慎之助が表情を変えた。

「素性が割れたって、巡啓さんが小石川良明であることが六角屋に知れていたのですか」

「そうですよ。隠していたのに気味が悪いったらありゃしない」

「まさかと思うが……」

慎之助の次の一言は意外なものだった。

「うちの誰かが漏らしてしまったのかな」

「えっ」

「慎さん、それはどういうことだい」

代三郎も驚いた。

「六角屋さんとはつきあいがあるんだ。猫手茶を大坂に回漕《かいそう》するときは六角屋さんの船に載せているんだよ」

これは初耳だった。

「兄貴たち、いつの間にか大坂にまで商いを広げていたのか。欲深いことだな」

「いや、たいした量じゃないよ。茶はあっちが本場だしな。年に一、二度のことさ」

それより、と慎之助は巡啓に向き直った。

「もしかしたら、誰かが世間話でもしているうちに、ついぽろりと喋ってしまったのかもしれません。家や塾の者たちには巡啓さんのことをよそで訊かれても知らぬ存ぜぬを通せと申し付けてはいたのですが、三年も経《た》つと緩みが生じてもおかしくはない。だとしたら、巡啓さんには申し訳ない。せっかく名を伏せていたものを」

「いや、いいんです」

巡啓はほっとした顔をしていた。

「どうして知れたかがわかればいいのです。なるほど、濱田様のところから洩《も》れたものなら仕方がない。人の口に蓋《ふた》をすることほど難しいことはありませんからな。六角屋さんも人が悪いよ。それならそうと言ってくれればいいのになあ」

おそらく六角屋の番頭は、教えてくれた人間の立場を慮《おもんぱか》って言葉を濁したのだろう。巡啓はそう結論づけた。

「やれやれ。これで憂いなく訪ねることができるよ。助かった」

「迎えはすぐに来るのですか。こうして先生とお会いするのもひさしぶりですし、茶でもどうですか」

「朝四ツ（午前十時頃）を過ぎる頃という話でしたから、あと半刻《はんとき》はありますよ。わたしも茶を飲みたくなって来たんですよ」

「それはいい。於巻ちゃん、店で茶を飲ませてもらうよ」

「はい」と於巻が愛想よく返事をする。

「そうだ、どうせなら持って来たばかりの茶を飲もう。自分たちで飲む分は店に入れておいた」

「なら、いまから煎《せん》じますよ。荷はあらかた解いたんでしょう」

「ああ、これでしまいだ」

それならちょっと待ってて、と於巻は店に入った。

「代三郎さんも一緒に飲もう」

「俺は肥え取りにつきあわなきゃ」

「大家がいなくても勝手にやっているから大丈夫さ。もう終わっているんじゃないか」

「いちおう見て来るよ」

慎之助と巡啓の二人を置いて、路地のどぶ板をギシギシ鳴らしながら先にある厠へと歩いた。

井戸の辺りからは女たちの笑い声が聞こえてくる。夫や子どもを送り出したおかみさんたちが洗濯の真っ最中なのだ。

「あら、昼前だってのに、めずらしいこともあるもんだ」

一人が代三郎に気付き、わざとらしく驚いてみせた。

「めずらしい」

「地震でも来なきゃいいけどね」

「雪でも降るんじゃない」

言いたい放題の女たちに、代三郎は「なんだい」と笑った。

「俺が朝から顔を出すとそんなにおかしいですか。と言いますか、朝ったってもうけっこうな時間じゃないか」

「そういや、三味線の音が鳴っていたっけねえ」

おとよという名の鋳掛屋《いかけや》の女房が言った。

「あの音聞くと、急《せ》かされるんだよねえ。少し休もうかと思っているときでも身体が勝手に動いちゃうのよ。まあ、お尻を叩かれるみたいでいいんだけどさ」

けなしているのだか褒《ほ》めているのだかわからないことを口にするのは、木戸番の清吉の女房のおたまだった。

「言ったろ。俺が大家のうちは三味線の音が響くってよ」

「旦那の三味線は、どうしてあんなに気忙《きぜわ》しいのさ」

「どう弾こうが俺の勝手だろ。人は人、俺は俺」

「でもまあ、わたしは旦那の三味線が好きだよ。素敵じゃないのさ」

おとよが竹竿《たけざお》に洗濯物を干しながら言う。

「その辺の師匠の音は、風雅を気取っているんだかなんだかのんびりし過ぎていていけないよ。その点、旦那の音は夕立の音みたいに小気味良くていいよ」

「不思議だねえ」

おたまがじろじろと代三郎を見た。このおかみさんは亭主と違って大家に対して遠慮というものがまったくなかった。

「弾いている本人ときたら、亀《かめ》より歩くのが遅いような横着者だっていうのに、三味線だけは飛脚みたいな調子で鳴らすんだからさ」

「おたまさん、大家さんに向かってそりゃ言い過ぎよ」

おとよが肘《ひじ》でおたまを突いた。

「いまだって、ほら、肥え取りに立ち会いに来たんじゃないの」

そう言ったかと思ったら、次のせりふはこうだった。

「もうとっくの昔に行っちゃったけどねえ」

「あははは」

女たちが笑う。おとよの言うとおり、厠には誰もいない。肥え取りは済んでしまったようだった。

「遅かったか」

慎之助や巡啓と話しているあいだに行ってしまったらしい。

「肥え取りの兄さんたち、旦那によろしくって、そっちの木戸から出て行っちゃいましたよ」

おとよが教えてくれた。

「そいつは助かった。実のところ湯屋に行ったばかりで肥え取りにつきあいたくはなかったんだ」

「汗も流していないのに湯屋とはいいですねえ。旦那は若いのに風情がおありね」

おたまの言葉には棘《とげ》がある。いつものことなので気にすることはない。

「それが風情もなにもさ、とんだ目にあったよ」

「とんだ目にって、どんな目にあったっていうの」

「なに。湯舟で髪結いの親方と長話していたら、親方、のぼせてぶっ倒れちまったんだ。中風にでもなったかと驚いたよ」

「あら大変」

「のぼせただけで、目を覚ましてくれたけどね」

「それは良かったわね。年寄りの長湯は気を付けないと」

「まったくだ」

女たちはおしゃべりをしながらも洗濯の手をとめない。働き者たちの邪魔はしたくないので茶屋にいる慎之助たちのところに戻ることにした。

すると、長屋の裏から何人かの子どもたちが駆けてきた。

「巡啓さんに駕籠が来ているよ」

六角屋の迎えらしかった。巡啓の家がある長屋の裏側の木戸まで来たのだろう。思ったよりも早い。

「どれ、俺が巡啓さんを呼んでくるよ」

茶屋に知らせに行くと、巡啓はありがたいというよりも迷惑そうな顔をした。

「駕籠を寄越すとはね。日本橋なら徒《かち》で十分なのになあ」

「そうだな」と、慎之助も首を傾《かし》げていた。言われてみればそうだ。

「病だって人が急に具合が悪くなったってことはないの？」

於巻に尋ねられ、巡啓は「かもしれない」と頷いた。

「ともかく、行ってみればわかるだろう」

残っていた茶をぐい、と飲み干すと、巡啓は「では、行ってまいります」と茶屋を出て行った。

「忙しいことだ。どれ、わたしもせっかく神田に来たんだし、散歩でもして来ようかな」

慎之助も茶碗《ちゃわん》を空にして立ち上がった。

義兄を見送ったところで、代三郎も於巻の出してくれた茶に口をつけた。手伝いに入っていたおかみさんはもう自分の家に戻っているようだった。

「ぬるいな。ありがたい」

　摘みたての茶はぬるい湯の方が旨味が出る。

「六角屋さんも大変だな。今日はよく人のぶっ倒れる日だ」

「なにそれ？」

　肩の下から於巻が見あげてくる。

「湯屋でな。髪結いの寛二親方がのぼせてぶっ倒れたんだ」

「うちにももう一人、ぶっ倒れているのがいるわよ」

「慎さんときた馬子の誰かがぶっ倒れでもしたか」

「村の馬子ならもうとっくに帰ったわよ」

「となると、あいつか」

「そう、あいつ」

「どこにいるんだ」

「二階」

「ちょっと見てくる。店を頼むな」

「合点承知」

　裏木戸はくぐらずに裏長屋の側についている戸を開けて表店に入った。

階段を上がって二階の座敷に入る。朝まで自分が寝ていた部屋には、かわりに童子が寝ていた。

「おい、起きろよ」

横になっていた栗坊が目を開いた。茶色い瞳《ひとみ》のなかに、見下ろしている代三郎が映っている。

「なにを見てきたんだ？」

代三郎はあぐらをかくと、頭の後ろをぼりぼりとかいた。

「まったくお前ときたら、猫のときも人間のときも寝てばっかだな」

栗坊は身を起こし、「ふわ〜あ」と大きなあくびをしてみせた。

六　魔物雲

昼になると長屋が騒がしくなる。毎日のことだ。仕事に出ていた男たちや寺子屋に通っている子どもたちが昼餉《ひるげ》を食べに戻って来るからだ。

代三郎は、慎之助と於巻とでやはり昼の膳《ぜん》をたいらげたところだった。

「しかし、代三郎さんは長屋の者たちに頼りにされているようだね」

食後の茶を飲みながら、慎之助が言った。

代三郎は「ぷっ！」と茶を吹いた。

「どこが？」

横で於巻もきょとんとしている。

「店子《たなこ》たちの代三郎さんへの接し方を見ていればわかるさ。女たちなど、みんな心を許しているじゃないか。大家を任せるという義父上《ちちうえ》判断は間違っていなかったのかもな」

「そうじゃないよ、慎さん」

うーん、と伸びをして、凝った肩をぐるぐるとまわして解《ほぐ》す。

「こうやって人が大勢集まって暮らしているところじゃ、誰かしら話の聞き役ってのが必要なのさ。別にみんな俺のことを頼っているわけじゃないさ」

「そんなことはなかろう。義父上に代三郎さんは立派にやっていると、そう伝えておこう。もちろん、義兄上《あにうえ》たちにも」

「親父はともかく、兄貴たちはなあ……」

「厳しいのは、弟を思ってのことだよ」

「そうかなあ」

どうも慎之助は、誰かに自分の様子を探ってくるようにと頼まれたようだ。

「お二人とも、あれで代三郎さんのことを気にかけているのさ。あれにもそろそろ嫁を、などと申されていたよ」

「やめてくださいな。冗談じゃない」

「確かにお嫁さんでももらったら、わたしも少し楽になるわね」

「於巻、お前までそういうことを。まったくもう」

実家の兄たちの顔が思い浮かぶ。どうせ姉や兄嫁たちも交えて人のことを勝手に噂しているに違いない。

トトトッと軽快な足音がした。振り返ると、二階にいた栗坊が座敷に入って来るところだった。

「おや栗坊、起きたんだね。こっちおいで」

於巻に呼ばれ、栗坊が膝の上に乗る。

「ところで慎さん、さっきの話なんだけどさ」

「さっきのというと、来栖様のことか」

昼餉の前に少し話したことだった。

「俺の一存では決められないよ。これは義父上や義兄上たちに聞いてみないとね」

「だよなあ」

「しかし、庭が見たいと頼んで、見せてくれるものかね。なにしろ公方様が来られるほどの名園だろう」

来栖家に茶を納めるのなら、その役目を自分にやらせてほしい。代三郎は慎之助にそう頼んだのだった。理由は「噂に聞く名園を見てみたい」からだった。

「自慢の茶を庭園の茶室でぜひたてさせてほしいと言えば、そのくらいさせてもらえるんじゃないかな」

「猫手茶は幕府に献上されるほどの銘茶だからな。義父上ならば、それも許されるかもしれんな」

「父様じゃなくて、たてたいのは俺なんだよね」

「相手は大名だぞ。代三郎さんは度胸があるな」

「茶を飲むのに町人も武家もありゃしないでしょう」

「いずれにせよ、義父上たちに願い出るしかあるまい。大名家やお旗本への納品は義父上か伝蔵《でんぞう》さんの仕事だからな」

伝蔵は長兄の名だった。

「やっぱ村に帰って頼むしかないか」

「そうするといい。義母上《ははうえ》が喜ばれるぞ」

「喜ぶとも思えませんけど。でもしょうがない。頭を下げに帰るとしましょうか」

手をのばして於巻の膝にいる栗坊の頭を撫でた。

「栗坊、一緒に帰ってくれるか。於巻、お前はどうする」

「茶屋があるわ」

「そんなもん、閉めちまえばいいさ」

「考えておきます」

合わせるように、栗坊も左右の耳をぱたぱたと動かした。

「明日には村に戻る。戻ったら義父上たちに代三郎さんがこうおっしゃっていたと伝えていいかな」

「いいけど、できれば兄貴たちには秘密にしといて」

「俺の立場でそれは難しいなあ」

「なにをおっしゃる。塾頭様が」

「ただの入り婿さ。商いを手伝ってわかったよ。学問などなんの足しにもなりはしないと」

「慎之助さんがそれを言っちゃあおしまいだろ」

「冗談さ。最近じゃどこの村にも村塾ができているそうだ。我々ももっと励まないといけないと思っているところだよ」

慎之助が国学を教えている私塾を祖父が開いたのは、代三郎が生まれるよりもっと前の話だ。かねてから学問全般に興味のあった祖父は、豊富な財を用いて蘭学《らんがく》や朱子学《しゅしがく》などの学者を江戸や他国から子弟ごと招いた。慎之助も巡啓もそうして招かれた学者の一人だった。

「俺としては、巡啓先生に戻って来てもらって蘭学を教えてほしいんだがな」

「そら無理でしょう。巡啓さん本人にその気がまるでないみたいだもん。よほどこたえたみたいだよ、昔の仲間だとかわけのわからん連中に訪ねてこられちゃ、そのたびにしたくもない押し問答をしなきゃならなかったのが」

「あんな連中、何度来ようと追い返せばいいのさ。きっと巡啓さんがあんまり優れた医者なんで妬《や》いたに違いない」

慎之助はあくまでも巡啓の肩をもった。

「なんにせよ、もったいない話だよ。あれだけの博学の士をこのままにしておくなんてな」

「俺もそう思う。な、栗坊」

声をかけると、栗坊はうんと頷くようにゆっくりと瞬きをした。

愛宕《あたご》大鳥居をくぐって「男坂」を登る。

「出世の石段」と呼ばれる急な階段は全部で八十六段もある。

遠くを見晴らすのに、およそ江戸でここほど都合のいい場所はない。横にはもうひとつ、ゆるい「女坂」ものびてはいるのだけれど、そのぶん道が長いのでついつい正面から階段にとりついてしまった。

どうやらそれが運の尽きだったらしい。ひいひいと音を上げている自分に対して、相方である身軽な猫はひょいひょいと駆け上がる。

「それにしたって、いつ来ても愛宕様ってのはたいした人気だなあ」

階段も参道も、参拝に来た男女で賑《にぎ》わっている。その足もとを栗坊が縫ってゆく。

やっと八十六段を登りきると、また鳥居だ。その向こうに神門と社殿が見える。

参拝目当てではないが、まずは手水で手と口を清め、祭神である火産霊命《ほむすびのみこと》に祈る。

徳川家康《いえやす》公が江戸の町を大火から守るために祀《まつ》ったという火の神は、実際のところどれだけこの町を火事から救ったものか。火事は神さまがいようがいまいが起きるときには起きる。町人たちには、むしろ商売繁盛や縁結びの神さまとして崇《あが》められているのではなかろうか。

参拝のあとは、ほかの人々と同じように山からの景色を見る。違うのは、見物客の多くが海に向いた浜御殿《はまごてん》や築地《つきじ》の方角を眺めるのに対し、自分は逆の方角を見渡している点だ。

人気のない境内《けいだい》の端《はし》の松林に立ち、北西を見る。

視界の右手には溜池とそれを囲む緑がある。その左側に見える台地に建つ巨大な武家屋敷は御三家のひとつである紀州《きしゅう》様のお屋敷だろう。

「見てみなよ。あそこさ」

いつの間にか代三郎の横に立っていた童子の栗坊が、紀州様の屋敷の西側を指した。

そこに見えるのは、紀州家のそれよりいくぶん狭いものの、それでも周囲のものよりははるかに広そうな武家屋敷だった。

「なるほどなあ」

代三郎は腕を組んで栗坊の指さす方角を見ていた。

「こりゃあ、厄介だな」

よく晴れた空だというのに、屋敷の上空だけは水墨画でも見ているような黒ずんだ色をしていた。

目をこらすと、煙のような影のようなそれは表面に気泡でもつくっているかのように蠢《うごめ》いている。

「江戸の町に来てからこっち、あんなにでかい魔物雲は見たことがないぞ。どうなってんだ」

黒く蠢くものを、代三郎たちは「魔物雲」と呼んでいた。

常人には見えぬそれが見えるということは、なにより自分たちが魔物退治であることの証《あかし》であった。

魔物雲が現われるところ、そこには並の魔物とは異なる、桁違《けたちが》いに強力な魔物が潜《ひそ》んでいる。

「ぼくも驚いたよ。最初はあんなにでかいわけじゃなかったんだけど、日が経つにつれどんどん大きくなっていったんだよ」

栗坊は子どもらしい高い声で答えた。

「まだいましばらくは大丈夫だと思う。あと五日くらいはもちそうだね」

「五日過ぎたら、『腑抜け』が外に弾《はじ》け出す、か」

「うん」

「湯屋で寛二さんに聞いたときは『腑抜け』ってなんだろうって思ったけどな。『腑抜け』とはよく言ったもんだな」

「江戸中が『腑抜け』だらけになるよ」

「そいつは愉快だ」

隣に立つ童子を挑発するかのように視線を送る。女のようにきれいな顔をした少年は、口もとに「ふっ」と笑みを浮かべた。

「愉快もなにも、正気を保てる人間なんていやしないだろうね」

昨日、二階の座敷で栗坊から聞いた話では、黒い影に覆われた来栖屋敷では、次々と人が「腑抜け」になるおかしな病が流行《はや》っているとのことだった。

「腑抜け」になったが最後、前後不覚になって倒れるか、なにかを求めるように手足をばたつかせて暴れるか、ことによっては人に襲いかかったりもするらしい。栗坊はその様を屋敷の中でたっぷり見てきたという。

「もしそうなったら、みんなふらふらと町をさまようばかりで、そのうち力尽きた者からばたばたと倒れて……そうだねえ、一月もすれば江戸の住人は全員がお陀仏《だぶつ》じゃないかな。その前に、気が触れたお武家が刀を振りまわしたりするだろうから斬《き》り殺される人間もずいぶん出そうだ」

「うーん、それは大変だ」

「代三郎が言うと、あんまり大変そうに聞こえないなあ」

「普段は寝てばっかのお前に言われたくはないね」

「それは自分でしょ」

ふうむ、と代三郎は顎《あご》を指でこする。

「天内の飢饉《ききん》も、実はそれと一緒だったってのか」

「そう、たぶん」

「天内のときは誰が食い止めたんだ」

「さあ。向こうには向こうでぼくたちと同じような魔物退治がいるだろうから、そいつが退治したんじゃないかな」

「巡啓さんがその役を担っていたというわけじゃないか」

「あの人は違うと思う。あくまでも医者として郷神《さとがみ》に目をつけられたんじゃないかな。ぼく、あの人からは代三郎と同じものは感じないもの。ただ〈気〉だけは運んでくれた」

「いつも思うんだけど、〈気〉ってなんなんだよ」

「さあ、〈気〉としか言いようのないものだよ。でも、まさか猫手長屋にいる巡啓さんが運んでくるとはね。なんだか因果を感じるよね」

「その〈気〉を辿《たど》って六角屋の番頭を追って行ったら、六角屋どころか来栖様のお屋敷に行き着いたってわけだ」

「うん」

黒い影に覆われた屋敷は、定州六万石来栖家の上屋敷だった。

「あの来栖様って殿様、気の毒にね。とんだ屋敷をもらっちまったんだ」

来栖屋敷では、すでに五十を超える人間が「腑抜け」と化しているという。

栗坊から耳にしたところでは、当主・来栖宗広の奥方や筆頭家老までが発病し、屋敷内はてんやわんやの状態だとか。

「こりゃあ並の医者じゃ話にならないだろうな」

「そう。最初は国元から江戸番で来ていた医者が診たらしいけれど、こんな病気は初めてでどうしようもなかったみたいだよ。ぼくが行ったときには、もうその医者の姿はなかった」

「どこに行ったんだ」

「『腑抜け』になって中間《ちゅうげん》たちの長屋に押し込められていた」

「医者まで腑抜けたかい」

「しょうがないよ。奥方までが泡を吹いて叫んでいるような始末だから」

広い屋敷内には何カ所か目立たぬところに「腑抜け」を閉じこめる部屋が設けられているという。

どの部屋も、すでになかは「腑抜け」でいっぱいだ。

暴れてうるさいものだから、ほとんどは縄で柱に縛られたり、繋《つな》がれたりしている。かといって鎮まるでもなし。昏倒《こんとう》している者を除けば、誰も彼もが口を開いて舌をだらんと垂らし、「うあ〜〜」「おえ〜〜」と意思のない声を発している。肌は青ざめ、血管の通っている筋はどす黒くなっている。血走った目は狂犬のようで、へたに近づくとがぶりと嚙《か》みつかれそうだという。

「なんだい、そりゃ。腑抜けっていうか、まるで餓鬼《がき》かなんかだな」

想像しただけでも身震いがしてくる。実際、家臣や女中の幾人かは嚙みつかれたりしたらしい。

当主の宗広自身もあやうく重臣のひとりに斬られかかったという。嚙みつかれた者は、見ていると、しばらくしてやはり「腑抜け」になる。それに気付いた屋敷の人間たちは、「腑抜け」に対してそれまでの病人扱いはやめて、獣でも相手にするかのように乱暴を働くようになったという。やられる前にやってしまえ、ということらしい。

いまのところ、「腑抜け」が発生するのは屋敷のなかだけだ。

だが、やがて屋敷の全員が「腑抜け」となった暁には、黒い影は屋敷の外へと病魔を放つであろう。

江戸城の西は武家地だ。

来栖屋敷の周辺には紀州様をはじめ大名屋敷や旗本の家が並んでいる。もし「腑抜け」が東に広がりでもすれば、外堀を越えて御曲輪内にまで入り込むのは時間の問題だ。そこには老中や若年寄といった幕府の重鎮たちの屋敷が並んでいる。南町奉行所もある。それだけではない、お城の奥には公方様もいるのだ。

来栖屋敷から「腑抜け」が飛び火したら、まず手始めに「腑抜け」るのはまわりに暮らしているお武家ということになる。

昨今の武士は刀で人を斬ったことなどまずはない。だけど刀は差している。もし「腑抜け」になれば、さきほど童子が言ったようにその刀を振り回して暴れることだろう。

江戸に武士が何人いるかは知らない。前に誰かが言っていた話だと、諸国の大名屋敷に詰める武士を足せば、お旗本と合わせてその数は町人とどっこいだという。それが全員刀を振り回してみろ。いったいどうなることか。

「で、話を戻すけど、よわりによわった来栖の殿様は『腑抜け』を治してくれそうな医者をさがしたっていうわけかい」

「ああ、ばれないように『六角屋』の名を騙《かた》ってね。たぶん『六角屋』の主には話くらいはしたんじゃないかな。妙な病で困っているって」

おそらく来栖家は、江戸中の名医に当たってみたに違いない。祟《たた》りや呪《のろ》いの可能性もあるから、寺社を訪ねたり祈禱師《きとうし》をさがしたりもした。「腑抜け」がただの病ではないことはわかっていたので、漢方医だけではなく蘭方医《らんぽうい》にも手をのばした。そうするうち、六角屋を通して巡啓のことを知ったのではなかろうか。

「殿様がちらりと言っているのを聞いたんだよ」

「なんて？」

「天内の飢饉を知る医者を見つけたって」

「なるほどな。それで巡啓さんが呼ばれた、と」

「そういうこと」

「あーあ、あそこに乗り込まなきゃいけないわけか。見ているだけでぞっとするね」

「なに情けないこと言っているんだよ」

「だって、あんなに馬鹿でかい魔物雲は初めてだぞ。喰《く》われちまうよ」

「逆に喰い返してやるのさ」

　童子は不敵な笑みを浮かべた。

「あのなあ、お前はまだしも俺は普通の人間だぞ」

「どこが普通だ。大猫さまとの約束を忘れたのかい。魔物退治はぼくたちの役目だよ」

「今回は違うぞ。あのでかさはそこらの魔物とはわけが違う」

「でかいのは影だけ。相手は猫だよ」

「その猫が厄介なんだろう」

　たぶん異国の猫だろう、栗坊の話では見たこともない長毛の猫が一匹、屋敷にいたという。

「化け猫か」

「殿様は左京と呼んでいたよ。すごくかわいがっていた」

「本当に『腑抜け』る病はその猫が起こしているんだな」

「十中八九、間違いないね。人が『腑抜け』れば『腑抜け』るほど、その人の命をいただくように力を増やしているみたい。これはほっとけないね」

「ほっときたいんですけど」

　ぼそっと口にすると、童子は「駄目だよ」とむきになった。

「やるったら、や、る、の！」

「はいはい」

「だいたい、化け物相手に戦うのはぼくじゃないか」

「ま、そうだけど」

どうやらやっぱり「やる」ことになりそうだ。

もっとも、やらないことには江戸市中のすべてが「腑抜け」に埋め尽くされてしまう。

「『腑抜け』になるのも悪くない気がするんだけどなあ。だって働かなくて済むだろう」

「またそんなこと言って。そりゃあ代三郎は病にかかろうがかかるまいが日頃から腑抜けてはいるけどさ。やるときはやってもらわないとね」

「あーあ、大猫さまもずるいよな。面倒は俺たちにまかせて自分はちゃっかり寝て暮らしているんだからよ」

代三郎は魔物雲から目を離し、さらに西の地平線を見た。そこまでいくと家々の屋根はぐんと減って、かわりにうねうねとした丘やそれを覆う森が目に入った。

「猫手村は、あの向こうか」

「村に帰るのは賛成だよ。あんな化け猫は初めてだし、大猫さまに一度相談した方がいい」

「明日はあの屋敷の前を歩いてみよう。どうせ通り道だ」

神田から猫手村に行くには、この愛宕山の麓《ふもと》を通って古川《ふるかわ》から目《め》黒川《ぐろがわ》へと抜け、そのまま川沿いに進むか、でなければ溜池から赤坂、青山を過ぎて大山街道を歩くか、二つの道があった。

青山を抜ける道ならば来栖家の門前を通ることとなる。慎之助は昨日はその道で栗坊を拾って来た。

「歩くのはいいけど、間違って三味線を鳴らしたりしないでよ。なにかのはずみで見つかってしまうかもしれないから」

栗坊に言われ、代三郎は「ああ」と頷いた。

「鳴らしやしないよ。屋敷のなかに入る前に正体をばらすわけにゃいかないだろう」

「それにしてもしくじったね。巡啓さんを行かせてしまったのは」

「お前が二階でぐうすか寝ているからだよ。言ってくれりゃとめたのにさ」

「巡啓さん。いまごろ『腑抜け』になっていたりして」

「運の悪い人だな。天内につづいて二度目か。なんの因果なんだかねえ」

「代三郎やぼくがそうであるみたいに、ひょっとしたら巡啓さんにも天命みたいなものがあるのかもしれないよ。魔物が絡んだ病あるところ、この人ありみたいにね」

「『腑抜け』になっていたらお前の責任だからな」

「あ、またそうやってすぐ人のせいにする。代三郎の悪いくせだ」

「どうでもいいけど、そろそろ疲れてきたんじゃないか。大丈夫か」

「大丈夫だよ。見せたいものは見せたし、もう戻るよ」

来栖様のお屋敷が怪しい。昨日、童子にそう聞かされた代三郎は、今日は村に帰る慎之助を見送りがてら愛宕山へとやって来た。江戸随一のこの山に登れば、来栖屋敷まで行かずともそれが見えるからだった。

日和《ひより》がことのほか良いせいか、そこだけ黒ずんで魔物雲に覆われている来栖屋敷はよけいに不気味に見えた。あの屋敷の内部では、いまはなにが起きているのだろうか。

背後で人の気配がした。

振り向くと、於巻と同じ年頃の娘が三人、「わあ」と声をあげていた。

「こっちもよく見えるねえ」

「お武家の屋敷ばかりね」

どうやらここが初めてらしい娘たちは、海側の展望だけでは飽きたらずにこちらにまわって来たらしかった。

「本当に、江戸中が見渡せるじゃない」

娘たちには魔物雲は見えていない。

「ねえ、あれ富士《ふじ》じゃないの」

「どれ、ああ、そうよそうよ。富士よ」

彼方《かなた》の空には、うっすらと椀《わん》を伏せたような富士山が青い影となって見えていた。

「あ、猫」

ひとりが代三郎の足もと近くにいる栗坊に気が付いた。

「おいでおいで。あらお前、野良じゃないのね。首に紐つけて」

呼ばれた栗坊は娘たちにすり寄って行く。

「うちの猫だよ」

代三郎が言うと、娘たちは全員がはっとなった。見知らぬ若い男が、それも髷を結っていないおかしな頭の持ち主が声をかけてきたので驚いたのだろう。

「栗坊、少し遊んでもらいな。俺は先に下りているからさ」

娘たちの視線を背中に感じながら、その場をあとにする。

頭でも撫でられているのか、ニャアニャアと栗坊の声がした。

神田までの帰りは、尾張町《おわりちょう》から銀座《ぎんざ》を抜け、日本橋大通りを歩いた。愛宕山からだとけっこうな距離だけれど、横着者の自分にしては珍しく駕籠は使わずに足を使った。

明日は猫手村まで行くし、毎日だらだらと過ごしてすっかりなまった身体に活を入れるにはこのくらい歩いた方がいい。栗坊はというと、いつも他出するときはそうであるようにちゃっかり代三郎が肩から下げた頭陀袋《ずだぶくろ》におさまっている。

途中、少しだけ遠回りをして六角屋の前を通った。

船が入ったのか、六角の紋が入った暖簾《のれん》が並ぶ大店の前には大八車が何台もとまっていた。人足たちが番頭や手代の指図で車に積んだ荷を下ろしている。逆に荷を積んでいる車もある。猫手茶もこんなふうに積まれて船へと運ばれ、遠く大坂へと旅しているのかもしれない。

「巡啓さん、てっきりここに来るものだと思っていたんだろうな」

ひとり言を呟く。頭陀袋のなかで栗坊が「くしゅん」と鼻を鳴らして反応した。

風が吹いた。人々が顔を伏せる。大通りに埃《ほこり》が舞った。

かと思うと、雲行きが急に怪しくなった。

ゴロゴロと空が啼《な》く。

「いけねえ。来るなこりゃ」

早足で日本橋へと向かう。間にあいそうにないなと思ったら、案の定、橋を渡りきったところで雨粒が着流しに染みをつくった。

最初、ポツポツと降り出した雨は、たちまち驟雨《しゅうう》となって襲ってきた。

雷鳴が轟《とどろ》くなか、人々が茶屋や床店《とこみせ》の軒下に難を逃れる。猫手長屋はあと四、五丁（約四百三十二〜五百四十メートル）といったところか。駕籠を雇うかと町木戸の立場に目をやるが、吹きさらしの辻駕籠《つじかご》では濡《ぬ》れるにまかせるのがおちだった。

「栗坊、あとで拭《ふ》いてやっから我慢しろ」

夏の夕立など行水のかわりだ。

そう思って早足をゆるめる。十も数えぬうちにびしょ濡れになった。栗坊は雨粒が当たるのが嫌なのだろう、頭陀袋の底でまるくなっている。

神田の町に入る。

大伝馬町《おおでんまちょう》の水路を横目に歩く。角を曲がって町木戸を通る。番屋の格子窓の向こうに俯《うつむ》いてなにかをしている清吉の頭が見えた。長屋はもうすぐだ。

「代三郎さん！」

水煙の向こうから呼ぶ声がした。

「この雨のなか、なに馬鹿みたいに歩いているの。雨宿りくらいしなさいな」

茶屋の軒下で於巻がこっちを見ている。

「栗坊まで濡らして！」

「あ、なにしてんだよ、お前」

黙って待っていられないのか。於巻は雨のなかを飛び出して代三郎の着物をつかんだ。

「お前まで濡れちまうだろ」

「着替えりゃいいのよ」

ぐいぐい引っ張られて茶屋の下に入った。店には雨宿りの客が何人かいた。

「風邪《かぜ》ひいたらどうするの。大事な身体なんだからね」

そう訴える於巻の目はいつになく真剣だった。

明日、猫手村に帰ることはもう決めてある。そのあとに大仕事が控えているであろうことも於巻は知っている。こういうときのこの娘はこわい。

「さあ、とっとと着物を脱いで身体を拭いて」

「栗坊を出してやらなきゃ」

頭陀袋を縁台の上に置いたところだった。

「ほっときゃ勝手に出るから大丈夫よ。人間様のほうが手がかかるわ」

於巻の言うとおり、栗坊がもぞもぞと袋から出てきた。

叱られている主を見て、客たちが笑っている。

「旦那、どこまで行ったんだい」

顔見知りの石屋の親方が訊いた。

「愛宕様までね」

「さっきまではあんなに晴れていたのにな」

「うん、富士が見えたくらいだよ」

「夕立がきたんだから、夏も本番かね」

「ああ、だろうね」

喋っている於巻に尻をはたかれた。

「親方、悪いね。この人着替えさせないと」

「おお、ひきとめてすまない」

栗坊を於巻に預けて床に上がった。身体中から滴が垂れる。座敷に向かおうとしたところで、どしんと音を響かせてしまった。

「なにやってんのよ」

「あいたたた……」

濡らした床に足をすべらせて尻餅をついてしまったのだった。笑い声が店に響いた。

「旦那、水難の相が出ているんじゃないかい」

親方に言われ、それればかりは勘弁、と口にはせずに思った。

七　稲荷

幸いなことに風邪《かぜ》はひかなかった。尻餅《しりもち》をついた腰も別段痛みはしない。

そういうわけで、翌日は朝から村に帰ることにした。

紀州《きしゆう》様のお屋敷近くまでは辻駕籠《つじかご》を使い、そこからは歩いた。ことが首尾よく運べばそのまま来栖様の屋敷を訪ねるといった流れになるかもしれないので、いつもの簡単な格好はやめにして紋付の羽織を着た。荷は背中にかけた三味線《しやみせん》と茶を入れた腰の瓢簞《ひようたん》ひとつ。それに栗坊が入った頭陀袋《ずだぶくろ》だ。

大山街道を西へと歩く。

赤坂を登り、来栖家上屋敷のある青山へと足を向ける。だんだん黒ずんでいく空が見えるのは、江戸広しといえども自分くらいなものだろう。頭陀袋から顔を覗《のぞ》かせている猫の栗坊が、細い瞳《ひとみ》でじっと魔物雲が蠢《うごめ》く空を見つめている。

「これは確かに嫌な感じだな」

栗坊に話しかける。

ここで三味線を鳴らしたらどうなるだろう。

魔物雲の主は気が付くだろうか。童子の栗坊に言われたとおり、いまは危ない橋は渡らないほうがいい。なにしろこんなに巨大な魔物雲は目にしたことがないのだ。無防備に近づいたら、たちまち呑《の》まれてしまいそうだ。

とっとと離れたほうがいいのはわかっているのだが、もう少し近づいて様子を見たいという誘惑が勝った。

遠目に眺めてみるかと、屋敷の裏側に回り込むことにした。

来栖屋敷から二丁ほど行ったところに辻があったので、角を曲がって小道に入った。

街道沿いの大きな屋敷と違い、こちらは小さな屋敷が並んでいる。町人にはこっちの道のほうが気楽に歩けていい。

道の先は突き当たりになっている。寺の本堂らしき瓦《かわら》屋根が見える。どうやら来栖屋敷の裏側は寺社町になっているらしい。

行ってみると、案の定そこには小さな寺が並んでいた。左に行けば来栖屋敷の裏手に出るだろう。右に行けば青山備前守《びぜんのかみ》の屋敷ではなかろうか。

左に行くつもりの代三郎は、しかし右へと舵《かじ》を切った。

胸元にいた栗坊が飛び降りて、そちらへと歩き出したからだ。

「おい栗坊、そっちじゃないだろう」

声をかけても、猫は振り向きもしない。いったん下りた地面から、今度はぱっと寺の塀に上って、こちらを見下ろす位置からついて来いと言わんばかりに西の方角へと進んで行く。

〈栗坊のやつ……なにか見つけたか〉

それとも、左はやはり危険と踏んで避けたのか。

代三郎は魔物雲を背にして栗坊のあとを追った。

街道からひとつ入った小道には人影がなかった。道は上下にわずかに波打っている。

少し行ったところで、栗坊は地面に下りた。

寺と寺の間に挟まれたそこには茂みがあった。赤い鳥居があるから稲荷《いなり》だろう。

栗坊がこっちを見た。

真《ま》っ直《す》ぐな視線に、代三郎は「ん」と頷《うなず》いた。

背中に背負っていた風呂敷《ふろしき》を解《ほど》いて三味線を出した。

いつでも音が鳴らせるように両手で抱えて鳥居の前に立つ。

五感を働かせて神社の境内《けいだい》へと意識を集中させる。

静かだ。

だけど「いる」のはわかる。

ひとつ深く呼吸して、鳥居をくぐった。


階段の上に、もうひとつ鳥居があった。

境内は頭上まで木々が枝を伸ばし、参道も地面もほとんどは日陰になっている。そのなかに射《さ》し込む木漏れ日は、まるで目眩《めくら》ましのようだ。

蟬《せみ》の音がうるさい。これも気配を隠したい者にとっては好都合だろう。

露払いのつもりか、栗坊が前を歩く。

猫も相手の居場所がまだわからないらしく、左右に頭を振って辺りを確かめている。

樹木の根元は下草がかなりの高さまで伸びていて、隠れるにはちょうどいい具合だった。

参道の奥には朱塗りの瓦を載せた小さな社殿が建っている。

その左右を御狐《おきつね》様の石像が守っている。代三郎は境内の真ん中まで行って、歩みをとめた。栗坊がそうしたからだった。

「ニャアア――――ン」

栗坊はあたりを睥睨《へいげい》するように左から右へと首を振って長く鳴いた。

声に対して響くものがないかどうかさがしているようだった。

猫には負けるが、代三郎も耳を澄まして周囲の気配を窺《うかが》う。

あやしいのは左右の茂みだ。そう見せかけておいて別の場所から飛び出してくるという可能性もある。

魔物の類《たぐい》は、江戸の其処《そこ》彼処《かしこ》に潜《ひそ》んでいる。

それが何処《どこ》で生まれ、何処から現われるのか、代三郎にはわからない。

やつらにもどこか故郷のような世界があり、それがなにかのはずみで人の世と結ばれたときに、こぼれ落ちるように姿を見せる。

そしてあたかもそれが運命であるが如《ごと》く人に危害を加える。

いちばん面倒なのは、人に取り憑《つ》いてしまったときだ。

江戸に数ある大火は、その多くが魔物に憑かれた人間が起こしてきたものだった。

喧嘩《けんか》もそうだ。家康公の開府以来、この町にいったい喧嘩騒ぎは何万回起きたことだろうか。江戸っ子の気の短さに便乗して、魔物たちはさんざんに乱暴狼藉を働いてきた。だがまあ、火事に比べれば喧嘩はまだいい。

火事よりもっとおそろしいのは大乱だ。

この国から戦争がなくなって二百余年が経《た》ったいま、どれだけいるかわからない魔物たちはいい加減にじれてきていて、人と人が殺しあうところを覗《のぞ》き見たがっているという。それだけはなんとしても防がねばならない。

先年、大坂を騒がせた「大塩《おおしお》の乱」。幕府の元与力《よりき》・大塩平八郎《へいはちろう》が起こした反乱は呆気《あっけ》なく鎮圧されたが、その際に放たれた火によって大坂の町は大火に見舞われた。

「大塩の乱」はおそらく魔物の仕業だろう。

となれば、同じことが江戸で起きてもおかしくはない。

もしかすると、いよいよそのときがきたのかもしれない。

「腑抜《ふぬ》け」が外に広がれば、人と人が殺しあうことになるだろう。

できれば来てほしくない、と思っていたことが、いよいよ現実に起ころうとしている。

五感を研ぎ澄ませ、周囲を窺う。

境内に潜んでいる相手は、「腑抜け」を起こす力を持った者なのか、それともたまたまその近くに「現われて」しまった別の魔物か。どっちにせよ、退治しなければならない。

「栗坊……どうする」

猫は問いに答えるかわりに、左右には危険はないと見たのか、社殿に向かってすたすたと歩き出した。

と、次の瞬間には猛然と駆け出して社殿の縁の下に正面から飛び込んだ。そして息つく間もなく右側から出てきた。

「フニャッ!」

暗がりから外へと戻った栗坊の先には小さな黒い影があった。鼠《ねずみ》だった。

鼠は必死になって茂みへと隠れる。栗坊もそれを追う。姿が見えなくなったところで、がさがさと草が揺れる。

「……なんだよ。鼠かよ」

安心したように、わざと口に出して言ってみた。

「やれやれ、驚かせやがって」

これにて一件落着。そんな口ぶりを装う。

「あー、肩こった」

三味線を持ったまま、背伸びをする。

うるさかった蟬の音が鎮まったのは、そのときだった。

ちょうど真上の高いところから、蟬か木の実か、一点の影が代三郎めがけて落ちてきた。近づくそれはみるみる大きくなってゆく。

背伸びの姿勢から棹《さお》を持つ手を引く。胴を腹の下に戻したところで袖《そで》に仕込んだ撥《ばち》を抜く。

ベン！

すわぶつかるといったところで、間一髪間にあった。

三味線は楯《たて》だ。

弦が発する音は大気に膜をつくり、邪力を寄せ付けぬ壁となる。

奏でる三味線の音に弾《はじ》かれて、落下してきた黒い影がバッと横に飛んだ。

「おお、あぶないあぶない」

代三郎はひゅうと口笛を鳴らしてつづけざまに弦を鳴らす。

横に飛んだ黒い影は地面に転がったかと思うと、むくむくと膨らんで人形となった。

どうも悪霊の類らしい。

「ぐふうう……」

威嚇《いかく》するように唸《うな》り声をあげる異形は、甲冑《かっちゅう》のようなものをまとっている。大昔に戦で死んだ武者かなにかが魔物と合体したのか。徳川様は江戸では戦はしていないはずだから、もっと昔の合戦で討ち取られた気の毒な御仁ではなかろうか。もっとも、気の毒だろうがなんだろうが、こうなっては退治するほかなかった。

ベンベンベベン。三味線を鳴らす。

撥を細かく動かし、素早く音を奏でてゆく。

黒い影は代三郎を見据え、じりじりと近づいて来る。手にある黒く反ったものは太刀だろう。

〈ああ、やだやだ〉

さっさと終わらせて退散したい。ずいぶん慣れたけれど、何度やっても魔物退治は好きになれなかった。

ベンベベベンベン、ベンベベベンベン、ベンベベベンベン………

撥の動きが一層速くなる。

「来ないで、来ないで、来ないでちょうだいなあ～～」

合わせて歌う。魔物にも聞こえているだろうが、なにしろ相手は情けの及ばぬ妖《あやかし》だ。来ないで、などという願いを聞けば、よけいに近づいてこちらに恐怖を与えようとするだろう。

「お願いですう〜、来ないで来ないで。あんたがこわいのはわかったかららら〜〜〜」

悪霊の方も、さっき弾き飛ばされたことで音が生み出す結界の存在には気付いているはずだった。

それでも寄って来るのは、それを破る自信があるからか、それともそんなことはまったく考えていない、ただ本能だけで動いているのか。どちらかというと後者とみた。

「こわいよ、こわいよ、やめてよ、やめてよ〜〜」

泣きそうな顔をつくると、黒い影が「ひっ」と笑ったように見えた。

べべベン、ベン！

魔物が二間（約三・六メートル）の距離まで詰めてきたところで撥をとめた。

「……なんて、うそです」

しれっと言ってみる。

「お前さんなんか、ちっともこわくねえや。気味悪いだけだよ」

相手はもとが人間の悪霊だ。なにを言っているかはわかっているだろう。

「まんまとひっかかりやがって、このおバカさんが」

黒い影が太刀をふりかぶった。

「ひとかどのお侍かと思ったけれど、その品のない笑い顔、どうも違うみたいだねえ。本当は盗賊かなんかかい」

相手はもはや我慢がならぬといった調子で歩みを速める。脅すより殺してしまえ、そんなところだろう。

「はいよっと！」

ベン！　ふたたび撥を鳴らす。

魔物が動かぬ代三郎に迫る。一間手前まで来たところだった。

「ぐわっ」

一閃《いっせん》、光が走った。

「ぐっ」

魔物がぴたりと動きを止める。肩から横腹へと、斜めに光の筋が通っている。

動きをとめた魔物の上半身が、筋に沿ってずるずると落ちてゆく。

長くのびた光がひゅっと曲線を描き、分断された上半身についている頭部を首から刎《は》ねた。

光は、返す刀で宙に飛んだ頭部を粉砕した。

首を失った上半身が地面に落ちる。次いで、下半身も崩れ落ちた。

頭を砕かれた魔物の身体《からだ》が、「ブスブス」と泡を立てるように消えていく。

その場に残ったのは、太刀を手にした童子だった。

「ごくろうさん」

代三郎は魔物を退治した栗坊に声をかけた。

「そっちもごくろうさま」

「鼠はどうした？」

「かわいそうに。気絶しちゃったよ」

「脅かし過ぎなんだよ」

「あれくらいやんなきゃ欺《あざむ》けないよ」

「まあ、見事にひっかかってくれたけどな」

代三郎は、まだわずかにくすぶっている地面に目をやった。

「馬鹿だなあ。栗坊は鼠はとらない猫なんだよ」

魔物は蟬に化けて襲いかかる機会を窺っていた。そして先導役の猫が社殿の下から鼠を追ったところで、代三郎に取り憑こうと飛びかかった。

が、それは魔物をおびき出すために仕組んだ栗坊の罠《わな》だった。

「鼠がいてくれてよかったよ。いまのやつ、隠れるのは上手だったからね」

童子は太刀を腰に下げた鞘《さや》にしまった。

しまうやいなや、鞘は太刀ごとするすると小さくなり、小指ほどの大きさになった。

こうなると、はた目には太刀の形をした根付にしか見えない。同じように、童子の腰には弓矢の根付もぶら下がっている。

「確かにいつもより見つけるのに手こずったな」

「ひょっとしたら、あれのせいじゃない？」

「あれって、来栖様の屋敷のとこのやつか？」

代三郎は茂みの向こうに隠れて見えない空を顎《あご》でしゃくる。

「同じ魔物ですら、こわがって気配を隠すっていうのか」

「うん。大猫さまが前に言っていたじゃない。魔物の中には、同じ魔物を喰《く》らってしまうやつがいるって。そうやって、どんどん自分の力を強くしていくって」

「ああ、確かそんな話があったな」

ともあれ、いまの相手は来栖屋敷から飛び火したものではないらしい。たまたま近くに「現われて」しまっただけなのだろう。

「なんにせよ、いまのが雑魚《ざこ》でよかったな」

あの程度の相手だったら、これまでいくつも退治してきた。油断は禁物だけど、不覚をとることはまずない。

「うん」

来栖屋敷に乗り込むにはまだ早い。

自分にはなにかが足りない。代三郎はそれだけは肌で感じていた。

「代三郎」

童子の声の調子が変わったので、代三郎はあらためるようにその顔を見た。

「一昨日《おととい》の朝、三味線を弾いてくれただろう」

「湯屋《ゆうや》に行く前に弾いたな。俺《おれ》にしちゃめずらしく朝に目が覚めたんでな」

「それだけ?」

上目遣いの童子に、代三郎は「へっ」と照れた顔で笑ってみせた。

「じゃあ言おう。柄にもない話だけどな、お前が夢に出てきたんだよ。どっかのお屋敷のなかをうろちょろしているところがな」

「来栖様の屋敷かな」

「いま思えばそういうことだろう。なんだか不穏な感じがしてな、目が覚めたんだよ。で、思わず三味線を手に取った。どこにお前がいるか知らないが、とにかく届いてくれよってな」

「やっぱりね……」

「聞こえたか、なわけないな。こんな遠くじゃな」

「感じたよ。実はけっこうやばい状態だったんだ」

「魔物に見つかったか」

「あの異国の猫だよ」

「やりあったのか」

「軽くね。まずいところだったんだけど、急に三味線の音を感じてね、それで力が湧《わ》いて乗り切ることができた。代三郎のおかげだよ。ありがとう」

「礼なんてよせよ、気色悪い」

来栖屋敷に忍び込んだ栗坊は、人目につかぬように屋敷中を調べてまわった。襖《ふすま》の裏や床下に隠れては、宗広や家臣たちの話に聞き耳を立てた。努めて気配を出さずにいたので、姿を見られてもかまわないとき以外は人間たちに存在を気取《けど》られることはなかった。

が、一匹だけ、猫だけは別だった。

純白の毛を持つその猫は、屋敷の敷地に自分以外の猫が入ったことを察知し、そのあとを追っていた。二日間、遭遇せずにいられたのは、栗坊が先に猫の存在に気付き、極力近づかないようにしていたからだった。

が、三日目の朝、とうとう二匹の猫は出くわしてしまった。

もうそろそろ猫手長屋に戻ろう。そう決めたことで気が緩んでしまったのか、栗坊はその朝も発生した「腑抜け」で大騒ぎとなっている屋敷のなかで猫と鉢合わせしてしまった。

「ここは逃げるに限ると逃げ出したんだけど、さすがに向こうのほうが屋敷のなかには詳しくってね。先回りされて捕まっちゃったんだ」

人の姿になって追い払おうかとも思ったけれど、あいにくそこは長屋門の前で中間《ちゆうげん》や女中たちの目があった。

猫は栗坊よりもひとまわり大きかった。

爪《つめ》を立てて襲って来られたので、せっかく門前まで来ていながら、栗坊はまた敷地の奥へと引き返さねばならなくなった。

邸内を、庭園を、二匹は駆け回った。

そのうち栗坊は馬屋に入ってしまった。そこには家臣たちによって押し込められた「腑抜け」たちがいた。追って来た猫は姿を変えて獅子《しし》のような大きさになった。

「結局は立ち回りさ。でも、ぼくは一人だったでしょ。いつものような力は出せないからすぐにやられそうになっちゃった」

駄目かと思ったところで、不思議と力が湧いた。

代三郎が三味線を鳴らすといつも感じる力だった。

三味線は、楯であると同時に神力の泉でもある。

代三郎の三味線の音は魔物を寄せ付けぬ結界を張ると同時に、魔物を倒す矛である栗坊に力を与えるのだった。

隙《すき》をついて馬屋から出た栗坊は、裏にあった松の木に飛びついた。塀へと乗り移り、屋敷の外に逃げた。

猫は追っては来なかった。追いつけなかったからではなく、深追いはしないと決めていたようだ。

「で、くたびれ果てているところに、都合よく慎さんたちの大八車が通りかかったってわけかい。運のいいやつだな」

笑うと、童子も「まあね」と認めた。

「それにつけても、まさか一里以上も離れているのに俺の三味線が届くとはなあ」

記憶にある限り、いままでになかったことだった。

「でも感じたんだよ」

「俺も感じたから弾いたんだよ」

火事場の馬鹿力というやつだろうか。それとも、幾度となく魔物退治をしているうちに自分たちにそういう力がついてきたのだろうか。正直よくわからなかった。

なんにせよ良かったのは、栗坊が窮地を脱したことだった。

もし栗坊がやられていたらどうなっていたことか。代三郎の鳴らす三味線の音は魔物をある程度は封じることができるが、攻撃はできない。魔物を倒すには栗坊が必要なのである。

「しかしまあ、そんなおっかないところに巡啓さんはいるのか。早く助け出してやんなきゃな」

「明日まで無事でいてくれればいいけど」

「そうだな」

話しながら境内をあとにした。

道草を食ったので、来栖屋敷にはこれ以上近寄らないことにした。いまの話を聞くと、そのほうが無難に思えた。

もっとも、少し遅かったようだ。

道の先に見えたそれに、二人は足を止めた。

「……まずい」

そう呟《つぶや》く童子の声は強張《こわば》っていた。

「あれが、そうなのか」

猫が一匹、道のまんなかにちょこんと座ってこっちを見ている。

幸いなことに、かなり離れてはいる。

「きっといまの騒ぎに気が付いたんだよ。様子を見に屋敷から出てきたんだ」

「ばれずに済ませたかったんだけど、さすがに気づかれたか」

なるほど、言われたように異国の猫のようだ。遠目にも普段見ている猫たちとは姿形が違って見える。

どうする。

いまやるべきか。

猫は様子を窺っている。外の騒音が気になって出てきたが、まだ何が起こったかはわかっていないのかもしれない。ということは、こちらの正体にも気づいていないということだろう。

「代三郎、行こう」

栗坊に促され、猫が動き出す前に背中を向けた。

「大丈夫か。猫の姿に戻らなくて」

栗坊が人の姿でいられる時間は限られている。

「いま猫に戻ったら、あいつにぼくだと教えることになる」

「まだ完全にばれちゃあいないってことか」

「おそらくね。三味線の音にもおかしいものは感じても、それがなんだかまではわかっていないのかも」

次の辻まで急いだ。角を折れたところでひと息ついた。猫は追って来なかった。

「やばかったな」

「うん、あいつもまだ屋敷からそう遠くには離れたくないんだと思う」

「まずは足場をかためてからってところかね」

「そうだね。たぶんまだ屋敷中を腑抜けにはしていないんだ」

「やれやれ。大名屋敷だなんて、ただですらそんな堅苦しいところには行きたくないってのに、腑抜けがうようよときたもんだ」

いまさらぼやいても詮無《せんな》いことだ。

ぼやきながらも投げ出さないでいるのは、おそらく大猫さまのまじないがきいているのだろう。

初めて魔物をこの目で見たのは七年前、十五歳のときだった。

いまでもはっきり覚えている。

「お前ももう十五だ。そろそろ働いてもらおうかの」

あの日、大猫さまは代三郎と栗坊を猫手神社に呼び出し、「目黒不動《めぐろふどう》の縁日に行け」と告げたのだった。

「ひさしぶりに魔物が出たようじゃ。心してかかれ」

江戸の近隣に魔物が出現したのは十年ぶりとのことだった。

魔物退治を宿命づけられたのが七歳のとき。いつか来るとは言われていても、全然来ないので、魔物のことなどすっかり忘れていたところだった。面倒くさいし、魔物だなんておっかなくて嫌だと思ったが、自分のなかに奇妙な義務感が働いて、目黒不動へと向かったのを覚えている。

その日、江戸五色《ごしき》不動の一である目黒不動は、縁日とあって境内も門前町もたいそうな人出で賑《にぎ》やかだった。

といっても、少し離れれば人の姿はぐっと減り、猫手村とさして変わらない田園風景が開ける。

代三郎は、なにかを嗅《か》ぎ付けた栗坊に従い、不動から離れた場所にある雑木林のなかへと入って行った。

「ニャア〜」と、その頃《ころ》にはいまと変わらぬ大きさにまで成長していた栗坊が、なにも知らぬといった顔で祠《ほこら》に近づいた。

栗坊を目で追っていた代三郎は、それがすぐ真横にいたことに気付かなかった。

ふと見ると、一間と離れていない足もとに、蒟蒻《こんにゃく》のような光沢を持つ黒いなにかが、鳥みたいに二本足で立ってこちらを見あげていた。

「ひっ」

のけぞったのは無理もない。

黒い異形には目がひとつしかなかった。

その目の大きなこと。まるで手鞠《てまり》のような瞳は、じっとこちらを見据えていた。

異形は代三郎が驚いているとわかると、今度は目の下にある口でニタリと笑った。

笑った口は三日月のように横に広がり、次にぱかっと大きく開いた。

なかには歯も舌もなかった。ただ闇《やみ》があった。

口を開くと鶏ほどの大きさだった異形は膨らみはじめ、みるみる自分と同じほどの丈《たけ》となった。がぶりとやられたら、そのまま呑《の》まれてしまいそうだった。

「ひっ、ひっ、ひぃぃい！」

一人だったら動転して闇に喰われていたかもしれない。しかし十五歳の自分には相棒がいた。

「代三郎！」

果敢にも魔物を下駄で蹴《け》り飛ばしたのは童子に姿を変えた栗坊だった。

不意を突かれた異形はもんどりうって祠の裏の茂みに転がった。

「三味線を鳴らすんだ」

言われるまま撥を取り、弦を弾いた。

異形が立ち上がり、こちらを向いた。怒った足取りで草をかきわけてきた。

「もっと鳴らすんだ」

撥を素早く振り、弾いた。弾いた。弾いた。弾いた。

「うわわわっ」

代三郎と栗坊の目の前まで迫った異形は、そこでなにかに撥ね返されるように動きをとめた。

「いまだ」

栗坊が脱いだ下駄を異形の瞳に投げつけた。

目のど真ん中に下駄が命中した異形は「ギュウウッ」と苦しげな声を出した。

「ノウマク・サマンダ・バザラダン・カン」

栗坊が真言《しんごん》を唱えた。すると異形は慌てた顔になった。

「ノウマク・サマンダ・バザラダン・カン」

唱えていたのは、大猫さまがあらかじめ教えておいてくれた不動明王《ふどうみようおう》の真言であった。

目黒不動の近くに異形の気配を読み取った大猫さまは、「魔物退治の際には不動様の力を借りよ」と真言を唱えることを二人に命じていたのだった。

栗坊は真言を繰り返し、代三郎は無我夢中で三味線を鳴らした。

異形は苦しみもだえ、ごろごろと転がって小さくなっていった。最後には熱で溶けたようにぐちゃぐちゃな塊となり、土に吸い込まれていった。

あれ以来、静かだった江戸の地には次々と魔物が現われるようになった。

大猫さまいわく、「いまは異界とこの世とがつながりやすい時節」なのだという。

いったいそれがいつまでつづくのかは神をもってしても知れない。ましてその使い走りに過ぎない自分たちになどは予測もつかない。

やるしかないのだ。

前にも後ろにも人の目がないことを確かめると、栗坊は猫に戻った。

代三郎は栗坊を頭陀袋に入れると、大山街道へと戻った。

街道に出たところで、ちょうど武家屋敷の前で客を下ろしたばかりの駕籠を見つけたので拾った。

急いで武家地を抜けてもらい、宮益坂《みやますざか》を下ると、田畑の広がる湿地となった。ここまで来ればもう大丈夫だろうと駕籠を下り、道玄坂《どうげんざか》を上った。

猫手村までは、あと一里の距離だった。

八　猫手村

丘を越えて下ると、川が流れていた。

川の左右は田圃《たんぼ》だ。畦道《あぜみち》を歩くと、だいぶ伸びてきた稲穂に青蛙《あおがえる》が遊んでいた。下を見るとゲンゴロウが水をかいている。

あえて街道を避けて歩いているのは、栗坊が「ニャアニャア」とうるさいからだった。

よもやそんなことはあるまいと思いつつ、まだあの猫が追って来ないという証拠はない。なので用心のために目立たない畦道を通ることにしたのだ。

〈栗坊がこれだけ鳴くってことは、よほど危ない目に遭《あ》ったんだな〉

童子の栗坊は「軽くやりあった」と言っていたけれど、あの話の内容からするとそんなものでは済むまい。いったいどこからやって来たものか、あの異国出の猫は相当な力の持ち主なのだろう。

あれがきっと、「化け猫」ってやつだろう。

怪談などでよく聞く化け猫は、大猫さまが言うには、知られているほどたくさんはいない魔物だった。

代三郎の知るところでは百年か二百年に一匹、出るか出ないかのはずだった。

その力は「鍋島《なべしま》の化け猫騒動」などで描かれているものよりはずっと強く、またはるかに邪悪なものであると聞いている。間違って一度に百匹でも出ようものなら、人の世など滅んでしまいかねない。大猫さまは、代三郎にそう話していた。

畦道の先は、土手と合わせて幅五間ほどの川だった。

橋を渡り、桜の並木がつづく土手沿いの道を歩く。

並木の桜はどれも人の胴より細いものばかりでまだ若い。代三郎の祖父が付近の人々に花見を楽しんでもらおうと植えたものだった。村の発展に尽力した祖父は、しかし植えた桜が絢爛《けんらん》たる花をつける前に、代三郎が三歳のときに鬼籍に入っていた。

歩いていくうちに、田圃の景色が茶畑に変わった。

川の右手はすぐ斜面で、左手にも遠くに丘が見える。どちらも防風林を兼ねた雑木林を除けばほとんどが茶畑だった。

ずっと先に、白い漆喰《しっくい》の壁と松林に囲まれた名主の家が見える。代三郎の生家の濱田家だった。

〈慎さん、うまく言ってくれているかな〉

あまり期待はしないほうがいいだろう。

来栖家に茶を届けるなどと言ったら、父はともかく、兄たちは大反対するはずだ。学問はろくにしない、家の手伝いもしない、性根《しょうね》を叩《たた》き直すかと道場に押し込んでもすぐに姿をくらますし、暇があれば三味線ばかり鳴らして歌をうたっている。

仕事らしいことといったらたまに神社の行事で神職の真似事《まねごと》をするくらい。これとてほかの者が忙しいが故のこと。父が「立っているだけでいいからやれ」と命じたに過ぎない。そんな役立たずの弟を兄たちは見限っている。本当は猫手長屋を任せるのだって嫌なはずなのだ。そんな兄たちとはこっちだって進んで口をききたくはない。

〈でも、今日はそうも言っていられないんだよなあ〉

自分が行けないとするならば、二人の兄のどちらかが来栖様の屋敷へお伺いすることになるだろう。

あの屋敷のいまの状態を考えれば、うっかりすると兄たちまで「腑抜け」になってしまいかねない。

「腑抜け」た兄を見るのもおもしろいかもしれない。

だが、それは想像だけに留《とど》めておく。現実はそんな想像すら許してくれる状況にないのだ。

振り返って一里半ほど向こうの空を見る。

ここからでも来栖屋敷がどこかわかるまでに、魔物雲は肥大化している。さっきの稲荷での魔物退治が刺激を与えてしまったのかもしれない。

自分だけならそういうことにも気を回して、あえて目を瞑《つぶ》って通り過ぎるという選択肢もあったかもしれないけれど、猫の栗坊にはそんな芸当はできない。

魔物の類を見れば、一も二もなく退治するのが大猫さまより与えられたこの猫の役目なのだ。これぱかりはどうしようもない。

とはいえ、そんな栗坊もすぐには手を出せなかったのが、背後の空に巣食っているあれだ。

あれはいままで自分たちが相手にしてきたものとは桁《けた》が違う。それは栗坊よりはるかに勘の鈍い自分にだってわかる。

さて、大猫さまはなんというだろう。

〈というか……〉

代三郎は子どもの頃のことを思った。

〈大猫さまは、やっぱり俺のことを騙《だま》しやがったんだな〉

いまさら嘆いても詮無いことだ。栗坊がそうであるように、子どもの時分の「あの日」を境に、代三郎自身も大猫さまによって魔物退治を請け負う役目を課せられてしまったのだ。それも、なかば甘言を弄《ろう》されて。

〈なあにが神さまだ〉

代三郎は内心毒づいた。

〈命がなくなったらどうしてくれるってんだ〉

きっと大猫さまのことだ。訊《き》かれればこう言うに決まっている。

「死んだところであの世で三味線を弾けばいいだけのことではないか」

冗談ではない。怠け者だろうが横着者だろうが、これだけは人間の性《さが》だ。

〈俺はまだ死にたくないんだもんね〉

かりに死んでから極楽にいけるとしても、天寿を全うしてくたばりたい。

くたばらないためにはどうするか。

あの異国の猫を滅するしかない。

〈結局、ここに行き着くんだよなあ〉

どう考えても損な役回りだ。こんな役目は名主の倅《せがれ》なんぞではなく、どこかの勇ましいお武家にでも与えりゃいいものを。

「もっとも、いまの世の中、勇ましいお武家なんざろくすっぽいやしないか」

威張り散らしたり、しかめ面だけは上等な武家はたくさんいる。

だが、いざとなると町人よりも頼りにならないのが武士だと聞いている。喧嘩をさせれば二本差しよりも鳶《とび》のほうがよほど強いし、罪人をとっつかまえるのも岡っ引《おかぴ》きの仕事だ。

こんな世だから、自分みたいな者が魔物を退治しなきゃいけなくなる。

「あーあ、どこか魔物の出ない国はないのかねえ」

ぶつぶつ言っていると、頭陀袋から首を出してこっちを見ている栗坊の視線に気付いた。これ以上文句を並べるな。そう言っているようだ。

目の前に、生家の門が迫っていた。百石をいただく名主の家は、傾斜地で石垣を持つこともあって、ちょっとした城郭のように見えなくもない。

〈あいかわらず偉そうな家だこと〉

破風《はふ》屋根の門は口を開けている。その向こうに何人かの人影が見える。幸いなことに見たちではないようだ。おそらく奉公人たちだろう。でなければ屋敷のなかに設けてある私塾の塾生か学者だ。

〈やっぱ裏からまわろうかな……〉

屋敷の裏の西側には茶の出荷に使っている別の出入口がある。そちらにはこんなに偉そうな門はない。

〈いや、面倒くさい。こっちでいいや〉

門をくぐるとなかにいた奉公人たちが代三郎に気付いた。

見たことのない顔ばかりだった。商売を広げるのにともない新たに雇い入れた者たちなのだろう。

新参の奉公人たちは代三郎が家の者とはわからず頭を下げるでもない。居候の多い家だから、また誰《だれ》か変わった人が来たな、くらいに思っているのかもしれない。

「お、代三郎さん」

足を拭《ふ》いて家に上がり、廊下伝いに中庭が見える場所まで入っていくと、うまい具合に家族の誰とも会わぬうちから慎之助に会った。

慎之助は、庭に面した部屋の入口からこちらを見ていた。ちょうど部屋から出ようとしたところらしく、障子《しょうじ》が開いていた。が、運がいいのはここまでだった。

「なにをしに帰って来た」

障子の奥から現われたのは長兄の伝蔵だった。

「やっ、兄様」

「なにが、やっ、だ」

伝蔵は苦虫を噛《か》み潰《つぶ》したような顔で廊下に立つ弟を睨《にら》んだ。

「慎之助さんから聞いたぞ。ずいぶんと身の程知らずなことを言い出しているそうではないか」

「なあんだ。なにしに帰って来たか、知っているんじゃない」

「減らず口を叩くな」

一喝された。

「来栖様の庭園が見たいだと。そんなことを願い出てお許しが出ると思っているのか。

お前は何様だ」

「やっぱり、無理ですか」

「当たり前だ」

にべもなかった。

さすがに「庭が見たい」では理由にならなかったようだ。もう少しまともな言い訳を考えるべきだった。

「勝手に戻ってきおって。長屋はどうした」

「長屋は俺がいなくても大丈夫です。店子《たなこ》はみんな仲良く暮らしていますから」

「それでも大家か。三味線だけは忘れずにぶら下げて」

「兄様もたまには歌など一緒にどうです」

「猫まで連れて来て。まだ生きているのか、そいつは」

いつの間にやら眠っていた栗坊が、薄目を開けて頭陀袋のなかから伝蔵を見た。睨むような目だった。

「ひどい言い草ですね」

「猫にしては長生きだから感心しているだけだ」

栗坊が人間よりも長く生きると知ったら、この兄はどんな顔をするだろう。

「ところで、来栖様のお屋敷には誰が行くので?」

「そんなことはお前の心配することではない」

おそらく兄自身が行くのだろう。

「それよりも来てしまったうえは仕方がない。父上と母上に挨拶《あいさつ》はして行け」

「泊めてくれないのですか」

「知るか。こっちの目の届かぬ場所であれば好きに寝るがいい」

たいした嫌われぶりだった。

「そうさせてもらいます」

顔を合わせた途端にこれだ。間に立っている慎之助が気の毒だった。

「三味線は弾かせてもらいますよ」

これだけは断っておかねばならない。

「外で弾け」

「おばあさまの仏前で弾きます」

こう言われると、兄も黙らざるを得ないことは知っている。

「勝手にするがいい」

ぷいとそっぽを向いて、伝蔵は障子を閉める。黙ってやりとりを見ていた慎之助が目で別の場所に行こうと促した。

「すまなかった」

母屋とは廊下でつながっている慎之助たちの住居まで行くと、義兄は口を開いた。

「俺ももう少しうまい言い方をすればよかったんだが駄目だった。伝蔵さんではなく義父上にお願いするべきだったな」

「いや、いいよ。親父《おやじ》は隠居の身だし、つまるところ兄様が頷いてくれない限りは無理だったんだから」

「明日行かれるというから、せめて供にでもどうですかとお尋ねしたんだが、こればかりは慎之助さんの頼みでも無理だと断られたよ」

「明日行くっていうのかい？」

「三碧露を用意してあるそうだ」

「そうか、明日か……」

これはのんびりしてはいられない。

「慎さん、来栖様から使いが来たりはしていないのかな。日をあらためて来いとか、あるいはこちらから受け取りに行くとか、そういうのは」

髪結いの寛二親方は来栖様から来なくていいという知らせをもらっていた。

来栖様は外の人間に屋敷のなかを見られたくないと考えて使いを寄越《よこ》したのだろう。だとしたら、実家にも同じような申し付けがあっておかしくはないはずだった。

「そういう話は聞いていないな。なんでだい？」

「ほら、一昨日、夕餉《ゆうげ》のときに話したじゃないか。髪結いの親方が来栖様のご家来の髷《まげ》を結っているって」

寛二親方のことは、慎之助が長屋に泊まったときに話していた。

「ああ、あの湯屋でぶっ倒れたとかいう」

「そうそう、その親方が言っていたんだよ。ちょうど来栖様のお屋敷をお訪ねするところだったのに、取り込んでいるんだかなんだか、使いが来て日取りが延びたって」

「うーん、うちにはそういう使いは来ていないな」

「そうか、うまくすりゃ兄様の気が変わるかもしれないと思ったんだけどなあ。今日の明日じゃそれはないか」

「難しいよ。役立たずの俺が言うのもなんだが、この件に関してはすぱっとあきらめたほうがいいんじゃないかな。別にその庭を見ずとも困るわけではないだろう」

「まあ、そうだねえ」

もしかしたら、来栖家では茶商になどかまっておられぬほどに事態が深刻化しているのかもしれない。

「盛平《もりへい》さんにしてもそうだが」

慎之助は次兄の名を口にした。

「伝蔵さんもどうして代三郎さん相手だと、ああも人が変わったかのようになってしまうのかな」

代三郎が不安に囚《とら》われているとも知らず、慎之助は首を傾《かし》げていた。

「慎さんも聞いちゃいるでしょ。小さい頃の俺は身体が弱くて、なにかというと風邪をこじらしちゃ死にかけていたって」

「その話は聞いているよ。だから甘やかされて育ったというのだろう。伝蔵さんや盛平さんはそれがおもしろくない、と。しかし、それだけであんな態度をとるのは大人げないというかなんというか……」

「あれで兄様も中身は子どもなんですよ」

「濱田家の当主がかい？　俺たちにはいい人なんだがな。義父上ほどではないが学問に理解は深いし、私塾は好きにやらせてくれている。なのに弟が好きにやっていることは気に喰わないらしい」

「兄様は家を継いで好きにやるなんてことはできずにいますからね」

「確かに、俺たちにはわからぬ苦労がおありだろう」

「慎さん、俺、ばあ様の仏壇に行きたいんだ」

「あ、そうだったな」

「それと猫手様に参拝だ」

「わかった。夕餉は代三郎さんの分もちゃんと用意させておくよ」

「ありがたいけれど、やっぱり帰ることにします」

「帰る？　日が暮れてしまうよ」

「途中で駕籠を拾うから大丈夫だよ。木戸が閉まる前に戻りゃいいんだよ」

「一晩くらい、泊まっていってもかまわないだろう」

「兄様の顔を見たら、俺も嫌になっちまった。同じ屋根の下になんぞいたくない」

「おいおい、ここは代三郎さんの家でもあるんだぞ。遠慮は無用だ」

「遠慮なんかしていないさ。長屋のほうがよほど居心地がいいってもんだ。ただ、それだけ」

「兄弟そろってよわったな」

慎之助は腕を組んで「はあ」とため息をついた。

「父上や母上に会うとうるさい。ばあ様に挨拶だけして猫手様に行くよ」

そうと決めたら、三味線は鳴らさないほうがよさそうだった。父や母に自分が帰ったと知らせるようなものだ。

「じゃあ。行くね」

なにか言いたげな慎之助を置いて仏間に向かった。

祖母の位牌《いはい》に手を合わせ、すぐに家族の目につかぬように門の外に出る。いったいなにをしに家にまで来たのだかといった気もするけれど、兄が明日来栖様を訪ねるということがわかっただけでも収穫だった。

時間がない。

「栗坊、疲れているところ悪いが、ひとっ走り先に行って大猫さまを叩き起こしてくれないか。どうせあのじいさん、寝ているだろう」

仏間で一度目を覚ましてからもあくびを連発している栗坊を道に下ろす。

「猫手神社だ。大猫さまだ」

けしかけると栗坊は背中をぴんと反らせてからだをのばし、それからおもむろに道を駆け出した。

栗坊を追って、歩き出したときだった。

「代三郎！」

背後から声がした。振り返ると、姉のたえがいた。たえは慎之助の妻となった二歳上の姉だ。きっと夫に聞いて追いかけて来たのだろう。

「どうしてなにも言わずに行ってしまうの」

姉の手には包みがあった。

「悪かった。兄様と一悶着《ひともんちゃく》あってね」

「だからといって挨拶くらいしていきなさいな。それとこれ」

包みが差し出される。

「握り飯かい」

「そう。一緒に入っている巾着《きんちゃく》の中身は三碧露だからね」

「三碧露もかい」

「いい加減自分の分は切らしているでしょう。持って帰りなさい」

ありがたくもらっておくことにした。

「次はいつ来るの」

「祭りには来るよ」

それだけ答えて、踵《きびす》を返した。

九　大猫さま

猫手神社は、生家からそう遠くない猫手池の畔《ほとり》に建つ社《やしろ》だ。

土地の名称ともなった池は用水池でもあり、高所から見ると猫の足跡のような形をしている。

村に残る言い伝えでは、大昔、巨人の「だいだらぼっち」が、これまた巨大な猫を連れ、この地を歩いたとされている。

池は、その巨大な猫が通った足跡に泉が湧いてできたものだという。

本当にそんな巨人やら巨大な猫やらが存在したとは、いまの世ではさすがに誰も信じてはいないが、泉がもたらす池の水が他所《よそ》の水とは違うことは在所の者ならみんな知っていた。池の水でつくる作物はどれも日持ちがよく美味であったし、この水でつくるとただですらうまい猫手茶がさらにうまくなるのだ。

なによりも、この池の水は澄んでいて美しい。代三郎の生家では来栖様のような得意先に茶を持って行くときは、この水を瓶《かめ》に入れて一緒に納めることが常であった。

池の岸辺は、北側が山になっている。猫手神社の参道はその山の上へと伸びている。

「昨日の愛宕様につづいて今日も山登りかよ。まったく、どこの誰が山なんてものをこしらえたんだかねえ」

階段や坂道となると、自然とぼやきが出るのが代三郎だった。

自分でもわかっているのだけれど、この性分はなかなか直らない。ときどき自分は、この世と相性が悪いのではないかと思ってしまうこともある。

栗坊はもうとっくに本殿まで登っていることだろう。こういうときは猫の身軽さが羨《うらや》ましい。

ぶつぶつ唱えていてもしょうがないので、鳥居をくぐって石段を登る。

愛宕神社の八十六段に比べれば階段は少ない。とはいえ神田から三里の道を歩いてきた身だ。おまけに途中で魔物退治までしたのだ。疲れた身に数十段の石段はきつい。

あと数段というところで奥にある本殿が見えてきた。

祀《まつ》っている主祭神は誉田別命《ほんだわけのみこと》こと応神《おうじん》天皇、つまり八幡《はちまん》様だ。

もっとも、これは四百年ほど前にこの地に帰農した濱田家の先祖が神社としての格を上げるために祀らせたもので、それ以前は例の「だいだらぼっち」とその連れの猫を主祭神として祀っていたという。

ところが代三郎のご先祖様たちは、どうもそんな物《もの》の怪《け》が主祭神では格好がつかぬと、十五代天皇を加えて祀ることにしたらしい。とってつけた、とはまさにこのことだ。

神社自体も発祥がいつだかは定かではない。祖父母の話では、気が遠くなるほど大昔から神域として崇《あが》められていたのではないかという話だった。だとすれば、熊野《くまの》権現《ごん げん》やお伊勢《いせ》さん並に古いのかもしれなかった。

「おーい、栗坊よ」

二の鳥居をくぐって山上の境内に出た。

見回したところ人影はない。猫の姿もない。

本殿はどうせご先祖が見栄で造った空き箱みたいなものなので無視する。

大猫さまがいるとしたら横にあるもう少し小振りな社殿だ。こっちには古くからある「だいだらぼっち」と「猫」が祀られている。

代三郎が近寄ると、その社殿のなかば開いていた観音扉《かんのんとびら》から、童子の姿になった栗坊が出てきた。

「おう、大猫さまは呼んだのか」

「見りゃわかるでしょ。これからだよ」

を見て来てくれよ。もしいたら蹴飛ばして起こしてやれ」

「そんなことしやしないよ。でも見て来る」

猫の姿になろうと栗坊が猫背に身構えようとしたときだった。

ひたひたと、洞の奥からなにかがこちらへ向かってやって来る音がした。

「なんか来るぞ」

「大猫さまかな？」

ひたひたひた。闇のなかから音がする。なにかが身体を左右に振りながら、近づいて来る。

「あれっ？」

気が付いたときには遅かった。

「おい……身体が動かないぞ」

「ぼ、ぼくもだ」

「金縛りか？」

二人とも身体がぴくりとも動かない。

首すらまわせない。自由に使えるのは目と口だけだった。

その間にも、ひたひたと影は近づいてくる。

「やばいぞ。魔物か」

「代三郎、三味線、三味線！」

「とれないんだよ。お前の力でなんとかならないのか」

「なりゃしないよ。動けないよ」

このままでは魔物の餌食《えじき》になってしまう。大猫さまの神域だからと油断しきっていたのが悪かったのかもしれない。

「さっきのあいつか。まさか大猫さままでやられちまったんじゃないだろうな」

「そんな、だって大猫さまだよ」

「だってもくそもあるかい。大猫さまだって、昔みたいな力はないんだろう。口だけは達者だけどよ」

「その達者な口ももう聞けないってのかい」

「そういうことみたいだ。来るぞ。てか、来るんじゃねえ。なんなんだお前は」

ひょこひょこ寄って来る影は人にしては動きが妙だった。

よく見ると、その横にはもうひとつ四本足のなにかがいる。

「わあああ――――来るなよ！」

「代三郎、よく見てよ、こいつら」

明るいところまでやって来た影は、正体を日の光の下に現わした。

「だ、だいだらぼっち？　それに猫？」

「なんで動いてんのさ」

なくなった御神体の木像だった。それがひょこひょこ歩いているのだ。

「どうなってんだよ。俺にもわからないよ」

ふたつの木像は、微塵《みじん》も動けぬ二人の足もとまでくると、ぽかぽかと脛《すね》やふくらはぎを蹴り始めた。

「わっ、やめろ。なにするんだよ」

「痛い痛い。つねるのやめてよ」

高さが二尺ほどの「だいだらぼっち」は巨人というよりも小人だ。

それがいいように蹴飛ばして来る。猫のほうも前足を手のように動かしてつねったりひっかいたりしてくる。小憎らしいったらありゃしない。動けるものなら逆に遠くまで蹴り飛ばしてやりたかった。

「ふぁっふぁっふぁっふぁっ！」

頭上に笑い声が響いた。

「へ？」

「脅かすのもそのへんでよかろう」

声が言うと、小人と猫はぴたりと動きをとめた。

「大猫さま！」

栗坊が叫ぶ。すると、横の岩の上に、ふっと仙人のなりをした大猫さまが現われた。

「びっくりしたか。のう？」

「しましたとも。なんなんですか、この二人、というか一人と一匹は」

「ふぁふぁふぁ。修業の甲斐《かい》あって付喪神《つくもがみ》になれたんじゃよ。それで喜んでちとはしゃいでいるわけじゃよ」

「ふざけるなよ」

代三郎の口からつばきが飛んだ。

「修業の甲斐もなにも、こいつらはなにもしていないじゃないか。ただ社殿のなかでボケッとしていただけの話だろう」

「お前とたいしてかわらんだろうが。どうせ毎日寝てばかりじゃろ」

「ぐっ」

図星だった。

「付喪神になれてよかったな」

二体の木像に向かって話しかける。きかない子どもに諭すように。

「嬉《うれ》しいのはわかるよ。だけどお前ら、なにも金縛りにあった人間を蹴飛ばさなくたっていいじゃないかい。おまけになんだい、いまの登場の仕方は。魔物かと思って肝を冷やしたじゃないか」

め、と睨むと、だいだらぼっちと猫は岩の上の仙人を指さした。二体ともなんだか申し訳なさそうな顔をしている。

このじじいめ。

「やっぱり大猫さまの仕業かよ。いたずらもほどがあるんじゃないですかね」

「大猫さま、どうせぼくたちを驚かせて遊びたかったんでしょう」

栗坊もうんざりした顔だった。

「驚きましたよ、十分。見事にひっかかりましたとも。だからこの金縛りを解いてくださいな」

そう訴えると、大猫さまは目を細めてニンマリした。

「ならん」

「な……ならんって、なんでならんなんですか」

「ならんからならん」

「ならんからならんじゃないよ。大猫さま、あんたがかけたんだろう。こいつらにこっちを金縛りにするほどの力はない。付喪神になったばかりで、よちよち歩きまわるのが精一杯だってことくらいはわかっているさ。早く解いてくれよ」

「ふぁっふぁっふぁっ」

「なに笑っているんだよ」

大猫さまはいつもこれだった。人が真面目《まじめ》に話をすると馬鹿にしたように笑ってかわす。これでも数千年に亘《わた》ってこの地を護《まも》ってきた郷神《さとがみ》さまだというのだから呆《あき》れる。

「お前さんたちは、これからどえらい魔物を相手にせにゃならんのだろう。このくらいの縛りを自力で解けないでどうする？」

「う……」

言われてみればそのとおりだった。向こうに回すのはこれまでに会ったことのない大敵だ。人を金縛りにあわせるくらいはお茶の子さいさいかもしれない。

いまの言葉から、代三郎たちがどんな用でここに来たのか、大猫さまはすでに承知しているようだった。

「あのなあ、悔しいけど言うよ。俺も栗坊もこんなふうに金縛りに遭ったことはないんだ。どうやって解くかなんかわかりゃしない。コツを教えてくれれば解いてみせるから教えてくれ」

「そうです。教えてください。ほかにも教えてほしいことがあって来たんです」

「ふぉっふぉっふぉっ。教えを乞《こ》うてばかりいないで己の頭で考えてみい」

「大猫さま、時間がないんです。相手はこれまでに見たことのないような猫なんです」

「これまでに見たことのない猫じゃと？」

仙人は胡散臭《うさんくさ》そうに眉を上下させた。

「そうです。毛は真っ白で目は顔料を溶いたように青い、異国の猫です」

「なんだつまらん。異国の猫じゃろうがなんだろうが猫は猫だ」

「強いのです。あれはきっと化け猫です」

「承知しておる。気合いを入れて臨め」

「それだけですか？」

「ああ、気合いじゃ気合い」

大猫さまは雑木林の向こうにある江戸の空を見た。

「……やはり化け猫か。わしの護る地にのこのこ現われるとは不埒《ふらち》なやつじゃ」

「なにが、わしの護る、だよ」

代三郎は目を吊《つ》り上げた。いつもは自分が於巻に向けられているような顔だった。

「護ってんのは俺たちじゃないかよ。自分はなにもしないで遊んでばかりいて、神さまってのは気楽でいいな」

「やかましい坊だな」

「俺はもう坊じゃない。二十二歳だ」

「減らず口を叩いている暇があったら縛りを解いてみせろ」

そう言うと、大猫さまはポッという音とともに猫の姿に還ってしまった。

「あ、汚いぞ」

目の前に現われたのは、めずらしい雄《おす》の三毛猫だった。

「フニャ〜オ」

三毛猫が鳴く。こうなると、栗坊と同じでなにを話しかけても「ニャオ」しか言わない。

神さまなんだから猫の姿をしていようがいまいが言葉くらいは喋《しゃべ》れそうなものだというのに、猫になると律儀なことに猫語しか使わなくなるのだ。

「栗坊、どうする？」

「どうするって、ぼくも試しに猫に戻れないかな」

栗坊は目を閉じる。が、すぐに開けた。

「駄目みたい」

「くそっ」

代三郎は、自分たちのまわりをよちよち歩いている木像たちを見た。

「なあ、お前さんたち、なにかいい方法はないか」

あるわけがない。木像たちは動けるのがよほど楽しいと見えて、こちらがなにか言ってもちらっと見て首をふるだけで、またすぐキャッキャと自分たちの遊びに戻ってしまう。

じりじりと時が過ぎてゆく。こんなことをしている場合ではないというのに。

「ウニャア〜」

あくびをした大猫さまが、一瞬だけ首から先を人に変えた。

「わしゃさっきコツを言ったぞ。忘れたか」

一言だけ残して、人の顔は猫のそれに戻る。

「コツ？」

「そういや、なんか言われたね」

「うーん」

なにを言われたか、思い出そうと考える。考えていくうち、無性に腹が立ってきた。

「く……くそお」

代三郎は腹の底から声を張り上げた。

「この、くそったれがあああ――――」

山中に響くような声だった。雄叫《おたけ》びは「――――っ！」と長くつづき、終わったときには代三郎は地面に仁王立ちしていた。肩ははあはあと上下していた。

「はあ……あれ？」

金縛りが解けていた。

「それじゃ」

猫の顔がまた仙人になった。

「言ったじゃろう。気合いだと。栗坊、お前もやってみい」

「は、はい」

栗坊が深呼吸する。

「ニャアアア――――ッ！」

これまた山中に轟《とどろ》く声だった。

「……ン！」

童子は茶トラの猫に戻っていた。小さくなった栗坊には興味があるのか、木像たちが寄って来た。

「ニャッ！」

栗坊はだいだらぼっちに飛びついて、カリカリと爪研《つめと》ぎを始めた。人形は驚いて「ぴーぴー」と泣くような音を立てた。

「おい栗坊、そんなことしているときじゃないぞ」

呼ぶと、猫はすぐに童子に姿を変えた。

「そうだったね、ごめんごめん。ごめんよ、だいだらぼっち」

見ると、だいだらぼっちは、今度は連れの猫に「カリカリ」をやられていた。木像の付喪神は、本物の猫の動きを見て真似したくなったらしい。

「二人とも、やればできるじゃないか」

大猫さまも仙人の姿に戻っていた。

「その意気だ。金縛りなど、気合いひとつでどうにでもなる」

「ぼくたちはあの猫に勝てますでしょうか」

栗坊が尋ねた。

「勝てますでしょうかなどと訊くな。勝たねば許さんぞ」

「一度手合わせしましたが、ものすごい力です」

「そのために代三郎の三味線があるのだ。弾き返せ」

「代三郎とぼくの力だけでは……」

「わしの力を借りたいというのか。それで猫手村までわざわざやって来たか」

「いままでの魔物とはわけが違うのです。ここからでも魔物雲が見えます」

「わかっておる。お前たちは金縛りも見事に解いてみせたじゃろう。あれを解けるんじゃから大丈夫じゃ。己の力を信じろ」

「気合い入れて叫んだだけじゃん」

代三郎は頰《ほお》を膨らませた。

「お前は叫んだだけのつもりかもしれんがの、あれは相当な力がないと解けぬぞ。魔物退治をしているうちに、ずいぶん気を養ってきたようじゃな。これなら一里や二里離れていても栗坊に三味線の音を届けることができよう」

「やっぱそうか……」

大猫さまの言うとおり、確かに自分は力をつけたのかもしれない。

でなければ、離れている栗坊に力を与えることなどできなかったはずだ。だが、その力も自分自身の意思で思うように使えぬうちは真の力とは言えないはずだった。

「いや」と代三郎はかぶりを振った。

「そんなこと言っておだてたって、なにも出やしないぞ」

「褒めてやったというのに、あいかわらずひねくれたやつじゃのう」

大猫さまは口をへの字に結んで肩をすくめてみせた。

「大猫さま、大猫さま御自ら退治してくださいというのではないのです。ぼくと代三郎は己の力だけでは足りぬと悟って大猫さまにおすがりすることにしたんです」

「栗坊よ。言わずとも知っておろう。わしは二百年前の化け猫退治からこっち、すっかり力が衰えてしまった。ついて行ったとて足手まといになるだけでろくに役には立たぬぞ」

「ならば、あれを倒す秘訣《ひけつ》を」

「そんなものはない。気合いじゃ。わしも最後に戦った化け猫を倒すときはできることは全部やった。無我夢中じゃったよ。あのときのわしに比べればお前たちはまだまだ恵まれているぞ。なにしろその三味線があるのじゃからな。代三郎、早弾きの稽古《けいこ》は欠かしとらんだろうな」

「そりゃあな」

背中の三味線は、その昔、大猫さまから授かったものだった。

「栗坊、本当かな？」

大猫さまが栗坊に確かめる。

「はい。なにかというと鳴らしては長屋中に迷惑をかけています」

「ふぁっふぁっふぁっ、それはいい」

「聴いてねえのかよ。茶屋の招き猫の前で鳴らすことだってあるんだぞ。あれは大猫さまの分身じゃないのか」

「最近、わしは耳が遠くてのう」

「ふん。どうせ怠けて遊んでばかりで俺たちのことなんか気にもかけていないんだろう」

「あ、ばれたか」

「ばればれよ」

「ときに、於巻はどうしている」

「今日は留守を頼んであります」

栗坊が答えた。

「いざとなったらあいつにも助けてもらえ」

「そうはいくか。嫁入り前のあいつの顔に傷でもついたらどうしてくれるんだ」

代三郎はそう言って「ふん」と口を結んだ。

「その意気じゃ。於巻に伝えてくれい。祭りには戻って来いとな」

「はい、きっと喜びます」

それにしても、と栗坊は話を変えた。

「大猫さま、あの来栖様のお屋敷を乗っ取った化け猫はなんの目的があって江戸に来たのでしょう。異国の猫であれば異国に現われそうなものですが」

「さあ、知らんが」

大猫さまは、顎から伸ばした鬚《ひげ》を手でさすりながら、「あれは……」と呟いた。

「もしかしたら、何年か前に現われた異国の猫と同じものかもしれんな」

「何年か前に現われたですって、いったいどこにですか？」

江戸ではないはずだ。だったら八百八町はいまごろ焦土と化していたかもしれない。

「ずっと西にな、異国の猫の形をまとった化け猫が出たと、神世の国の仲間から耳にしたことがある。ずいぶん大勢死んだようじゃ」

「西……西国ですか」

「ああ、九州ではなかったかな。郷ひとつが化け猫の引き起こした病に冒されたと聞いておる」

「それって……まさか」

言葉に詰まった栗坊にかわって代三郎が口を開いた。

「天内か」

「ああ、それそれ、天内じゃ、天内。そのときは土地の郷神に神水を託された人間の医者が村に入り、かろうじて生き残った者を救ったそうじゃ」

「神水を託された医者って、巡啓さんのことか？」

それ以外、考えられなかった。

「大猫さま、知っているだろう、巡啓さんのこと。ここにもお参りに来たことがあるはずだ。ほら、やっぱり何年か前までうちの家の塾にいた蘭学者だよ」

「そんな者おったかな。お前の家は金にあかしておかしな学者ばかり呼び込んでおるからな。どれがどれだか見分けがつかんわ」

「おったんだよ。で、その化け猫が引き起こした病ってのはどんな病なんだい」

「なんだかのう、こう寝惚《ねぼ》けたように左右の手をだらんとのばし、あ〜だのう〜だの唸りながら、暴れたり、人にかみついたりするそうじゃ」

「それ、『腑抜け』です。来栖様の屋敷で見たのと同じだ」

栗坊が一歩前に出た。

「大猫さま、いま神水って言いましたよね。ひょっとしてそれを飲ませれば『腑抜け』を治すことができるんですか」

「わしはそう聞いておる。その医者はわしと同じ化け猫退治の経験がある郷神に神水を託されたんじゃろうな。もちろん、お前たちのような魔物退治でない以上は郷神にうまいこと操られてな。おそらくは医者の頭のなかでは神水は自分が用意した薬ということになっておったじゃろうな。あるいはそんなことすら忘れているかもしれん」

「そうか、その神水があればみんなを……」

「それもそうだが、元を断たんと駄目だぞ」

「天内のときは化け猫はどうなったんですか」

「勝手に消えたそうじゃ。郷神が、その医者とは別に魔物退治をつかわしたらしいが、たいしてやりあいもせぬうちに逃げ去ったという」

「それで、江戸に来たというんですか」

「かもしれぬな。わしが思うに、もっとでかい獲物がほしくなったんじゃないかのう」

「その間の何年間かは、なにをしていたのでしょう」

「知らん。こそこそと見えぬところで悪さをしていたのかもしれんし、猫かぶりしてただの猫として暮らしていたのかもしれん。異国の猫じゃからな、どこぞの富裕な者のところで珍重されて優雅に暮らしていたのかもしれぬ」

「来栖の殿様の話では、もともと屋敷にいた猫だそうです。来栖屋敷は前は安曇様のお屋敷だったとか」

「誰の屋敷だろうがどうでもいい。江戸はわしの縄張りじゃ。化け猫なんぞに荒らされてたまるか」

「化け猫を退治できたとして、そのあとは、『腑抜け』にかかった人たちはどうすればいいでしょう。江戸にも、その神水はあるのですか？」

「目の前にあろう」

「は？」

大猫さまは、鳥居があるほうを指さした。

「猫手池の水はわしが司《つかさど》る神域の水ぞ。九州の郷神が用意した水とさして変わりあるまい。あれを汲《く》んで飲ませれば、その『腑抜け』だかなんだかもけろりと治るのではないか」

「本当なんだろうな」

代三郎は大猫さまを睨んだ。

「なんじゃ、その疑うような目は」

「七歳の俺は、その神水に溺《おぼ》れて死にかけたっていうのかい」

「そういうことになるかの。ん、なにか言いたそうだな」

言いたいことは、ある。あの溺れ死にしそうになったとき、誰かが自分を水のなかに引き込もうとしたような記憶があるのだ。もしそれが錯覚でなく事実だとしたら、そんな芸当は人間にはかなわない。魔物か神さまか、そういった類の者でなければできるはずがないのだ。

「……まあいいや」

いまはそれどころではなかった、と思ったのだが。

「いや、もうひとつあるぞ」

「なんじゃ？」

「俺のおばあちゃんだよ！」

「お前のばあちゃんがどうした？」

「おばあちゃんは、俺が十二のときに川で死んだ。猫手池から湧いた水が川となった川でだ。神水がなぜ人の命を奪うんだよ」

「水は水じゃ」

「溺れたら水を飲むだろう。だったら死なないはずじゃないか。病だって治す水だろう。なんでおばあちゃんが死ななきゃなんないんだよ」

「そりゃあ、人を気取ってりゃあ、いつかは死ななきゃならんじゃろ」

「気取ってりゃあって、おばあちゃんは人だよ人！」

「なら、死んだんじゃよ、きっと。わしは知らん」

「俺は助けたのに、おばあちゃんのことは助けなかったのか。おばあちゃんとは知り合いだったんだろ。とぼけても無駄だぞ」

「あれはいい三味線弾きだった」

「なに遠い目してやがるんだ。おばあちゃんはなあ……」

そこまで言ったところで、栗坊が「代三郎」と呼んだ。

「おばあちゃんも大事だけど、いまは急がなきゃ」

童子に諭され、代三郎も我にかえった。

「そうだな。まあ、これでどうすればいいか段取りが見えた」

まず第一に、と代三郎は右手を後ろにまわし、背負った三味線の天神を叩いた。

「化け猫を退治する。そして猫手池の水を『腑抜け』になった人たちに飲ます。これでいいわけだ」

「そういうことになるな。ああ、そうじゃ、餞別《せんべつ》に新しい撥をやろう」

「新しい撥？」

「早弾きがさらにしやすくなるように作ってある撥じゃ」

「なんだ、大猫さま」

栗坊の声は弾んでいた。

「ちゃんとそういうものを用意しておいてくれたんじゃないですか。お人が悪いなあ」

大猫さまはニマニマしている。

「代三郎、試しに使ってみい。思わぬいことがあったりするぞ」

「なにがいいことだか……ろくでもないことが起きるんじゃないか」

代三郎が「そうだろ」と突っ込んでも、大猫さまは「ふーん」と素知らぬ顔だった。

これはきっとなにかある。が、これ以上訊いても喰わせ者のこの神さまが種を明かしてくれるとも思えない。

仕方がない。話を変えることにした。

「で、水はどれほど持って行けばいいんだろうね。栗坊、来栖様のお屋敷ってのは何人くらい人がいるんだい」

「ざっと見た感じで、二百人はいたね」

「そんなにかよ。大猫さまよ、水はどれくらい飲ませりゃいいんだ」

「一人に一口で十分じゃよ。化け猫を倒したあとであれば薄めてふれるだけでもよい」

「とりあえず、持てるだけ持つか……」

それで足りなかった場合はどうしようか、思案していると栗坊が言った。

「代三郎、明日には猫手茶が運ばれるんだろう。水も一緒に来るんじゃないの」

「お、そうだったな」

兄たちが来れば、水に不足はない。問題は兄や荷駄を引いてくる奉公人たちの目をどうごまかすかだ。それはあとで考えることにした。

「大猫さま、その新しい撥とやらをくれ」

「やる気になっておるな」

大猫さまは「ウニャッ」という声とともに猫に変わると、石の上から洞窟のなかへと姿を消した。かと思いきや、十数えたかそこらのうちに撥をくわえて戻って来た。

「御神木の枝からつくった撥じゃ。こいつはいままでのものとはひと味ちがうぞ」

仙人に戻って大猫さまが言う。

「いままでのだって御神木から作ったって前に言っていなかったっけ？」

「あ、そうじゃったな」

代三郎に指摘された大猫さまは、「まあ気にするな」ととぼけた声でつづけた。

「この新しい撥にはひとつ仕掛けを施しておいた。とにかく試してみぃ」

「なんだかあやしいなあ」

「なにごともなければそれにこしたことはない。仕掛けが働くのは、お前たちが窮地に陥ったときじゃ」

「窮地になんぞ陥りたくないね」

「ま、せいぜい励めや。あ、それとな、本殿に着物を用意しておいた。使いたければ使え」

言うだけ言うと、大猫さまは「フニャン」と猫に変化した。もうこれ以上話すことはない、ということだ。

猫になった大猫さまは、まだそのへんをちょろちょろしている木像たち相手にじゃれはじめた。それを横目に、代三郎と栗坊は社殿のある境内へと戻った。

本殿の観音扉を開けてみると、例大祭や正月の行事の際に着るような狩衣《かりぎぬ》が一揃《ひとそろ》い畳んでおいてあった。

「なんだよ。祭りでもあるまいし、神職にでも化けろって言いたいのか」

「なにかお考えがあってのことだよ。せっかくだから着替えたら」

「……そうするか」

いままで着ていた着物は頭陀袋に仕舞い、狩衣に着替えた。一緒にあった烏帽子《えぼし》もかぶった。二人とも同じ神主のような装束なので、並ぶと親子か兄弟のように見えた。

参道の階段を下りながら、今後の段取りを話した。

「とりあえずは瓢箪に水を汲んでおくか」

「そうだね」

「栗坊、疲れているだろう」

「へっちゃらさ」

栗坊は大猫さまと同じでもともと猫だ。神力で人にも変化できるが、身体への負担は猫でいるときよりも大きい。だから代三郎やほかの誰かと人の言葉で話す必要があるとき以外は猫の姿のままでいることが多い。

「しばらく人のままでいろよ」

「なんでさ」

「出発する前にこれを食べておこう」

代三郎は頭陀袋にしまっておいた包みを出した。

「握り飯かな」

「ああ、さっき来る途中、おたえ姉様が追って来てな、寄越してくれた」

「腹ごしらえにちょうどいいね」

階段を下ると視界が開けた。東の空が黒い。

本当なら生家に泊まるか長屋に戻るかして、一晩休んでから乗り込みたいところだったけれど、時はそんな悠長なことを許してはくれそうになかった。

今日はこのまま来栖屋敷に行く。

邸内にいるであろう巡啓を訪ねれば、門くらいは開けてもらえるだろう。

あとは口八丁で適当なことを言って入れてもらう。たえにもらった巾着の三碧露を
「献上に上がった」とだしにして、生家からの使いを装うのも一案かもしれない。

「帰りにひと仕事だ。それでいいか」

「もちろんさ」

二人は池の岸辺で瓢箪に残っている茶をたいらげた。

飲み干した瓢箪には池の水を汲み、腰を下ろして握り飯を頬張った。

最後に、自分たちも池の水を飲んだ。何カ所もの泉からたえず湧き出している猫手
池の水は、口に含むとほのかに甘く、歩き疲れている身体に活力を与えてくれた。

十　上屋敷　其の二

はあはあと息を切らしながら、来栖宗広は曲がりくねった屋敷の廊下を歩いていた。

動悸《どうき》が止まらぬのは、疲労もあるが恐怖からだった。

ふと見れば、ともをする家臣はもはや十人足らずだ。

「殿！」

肩から稽古《けいこ》用のタンポ槍《やり》を下げた若い近習《きんじゅ》が廊下の奥から追いかけてきた。

「姫様は屋敷のどこにも見当たりませぬ」

足をとめた宗広は家臣を振り返った。たすきがけの家臣の額は汗にまみれていた。

「綾乃のなりをした腑抜《ふぬ》けは目にしたか？」

「目にしてはおりませぬ。姫様つきの女中たちもおりませぬ。おそらくどこかにお隠れになられたのでは」

「ならばよいが、それにしてもしくじった。綾乃だけでも中屋敷か下屋敷に逃しておくべきだった」

宗広はひざまずいている近習を見た。

「他の者はどうした？」

柵《さく》の向こうに行ったかもしれない綾乃をさがしに行け、と命じたときは五人いた。いずれも日頃《ひごろ》より目にかけている近習たちだった。

「はっ。中庭より向こうは腑抜けに溢《あふ》れ……みな」

「嚙《か》まれたか。喰《く》われたか。自ら腑抜けたか？」

「無念にござりまする」

宗広は目を閉じると「本田」とまだそばにいる重臣を呼んだ。

「はっ」

「柵を破られるのは時間の問題じゃな」

「御意」

あれから四日、来栖家上屋敷を襲った病は猛威をふるいつづけていた。

「腑抜け」と化す家中《かちゅう》の者はあとを絶たず、取り押さえて隠し部屋に押し込めようにも、その最中に取り押さえた側の家臣が発病するといった有様であった。

ついに「腑抜け」が百人に達しようというとき、宗広は屋敷の半分を放棄することに決めた。

屋敷の内にも庭にも柵を設け、そこを「腑抜け」との境界にしたのである。

これに応じて、離れた場所にある中屋敷や下屋敷から応援を呼んだ。が、これは失策だった。

やって来た新手の家来たちも、次々に「腑抜け」と化してしまったのだ。

いったん「腑抜け」となった者は、もはや江戸の町に出すわけにはいかない。「腑抜け」たちは日を追うにつれ、凶暴な振る舞いが目立つようになってきていた。人を見れば噛みつく。もはやそれは人とはみなせぬ畜生の所業であった。

家臣たちの中には斬《き》り捨てようと声高に言う者たちもいた。

だが、宗広にはできなかった。

正気を失ったとはいえ、誰《だれ》もみな、かわいい家臣である。命を絶つ決断は下せなかった。

それにもし一人でも殺《あや》めたと知られれば、御公儀からどんな叱責《しっせき》を受けるかわかったものではない。誰よりも自分の身がかわいい宗広は、それだけは勘弁と決断をためらいつづけた。

そうこうしているうちに、家来たちはばたばたと倒れてしまった。

昨日、残っていた者は七十人。

今朝にはそれが五十人に減り、日も西に傾いたこの時間には、すでに十人余と化していた。

こうなると誰が腑抜けてもおかしくはない。

こう人数が減ってしまったのでは「腑抜け」た家臣をいちいち柵の向こうへと追い出すことも難しくなってきている。

宗広が最後に見た柵の光景は、この世のものとは思えぬものであった。

血走った目をぎょろぎょろとさせ、青白い顔からだらしなく舌を垂れた腑抜けたちが、柵を端《はし》から端まで埋め尽くし、こちらに来たいというように手をのばし、「うーうー」「あ〜あ〜」と唸《うな》るさまは、まさに賽《さい》の河原に蝟集《いしゅう》する屍者《ししゃ》の群にしか見えなかった。

あの数ではやがて柵は重みに耐えきれず倒れるであろう。

そうなれば、三百もの「腑抜け」が一斉に柵のこちら側になだれこんでくる。

御公儀に知られるとまずいどころか、自分さえも「腑抜け」どもの餌食《えじき》になってしまう。いや、そうなる前に発病してもおかしくはない。

とりあえず小勢となった自分たちにできることは、できるだけ「腑抜け」たちから離れることくらいしかなかった。

「誰ぞ、柵の様子を見てまいれ」

すぐに家臣のうちの三人が走った。娘の綾乃の無事はもはや祈るほかない。こうなると、綾乃もさっさと腑抜けてくれていた方がましだ。それならばいっそあきらめもつくというものだ。

一行はふたたび廊下を歩き、いちばん奥にある部屋へと入った。その先は庭と池だった。

「もはやここまでかの」

なかば尻餅《しりもち》をつくように上座に腰を下ろした宗広は、腰に差した短刀にちらっと目をやった。

こんな状況に陥っては、もはや事態を収拾することは叶《かな》わぬだろう。

早晩、幕府にはこのていたらくが知れる。そうなれば来栖家は取《と》り潰《つぶ》しだ。

「腹を切るか」

言ってみただけだったが、本田をはじめ家臣たちの目は真剣だった。

「介錯《かいしゃく》はそれがしが」

近習の一人が言った。

「ちょ、ちょっと待て、まだ切らぬ」

危ない危ない。なりゆきで本当に切腹しなければならないところであった。

「はやまってはなりませぬ」

そう言ってくれたのは、六角屋が連れてきた医者だけだった。

「天内の病も、我慢をしているうちにおさまりました。ここはひとつ堪忍《かんにん》が肝要ですぞ」

「巡啓、いや良明。そなたはそれしか言わんのう」

「天内の代官様も、殿と同じことをおっしゃっておりました」

「わかった。そなたの言うことは信じよう」

それにしても、と宗広は天井を仰いだ。

「天下泰平の世において、まさかこのような目に遭《あ》ってしまうとはのう。安曇めが、祟《たた》ってくれるわ」

「まったくでござる」と本田が答えた。

「壇《だん》ノ浦《うら》の合戦に敗れし平家《へいけ》一門の胸中もこのようなものであったかのう。はたまた新田《にった》勢に攻められた北条《ほうじょう》一門、あるいは本能寺《ほんのうじ》における織田《おだ》右府《うふ》様、大坂落城の際の豊臣秀頼《ひでより》公なども みな、このような無念を抱えたのであろうか」

宗広は家臣たちに聞かせるように、かつて栄華を誇った末に滅んでいった天下人や貴人たちの名を挙げた。それとなく自分と貴人たちを同等の存在として家臣たちに示したつもりだった。どうせもうすぐ死ぬかもしれないのだ。これくらいのおちゃらけはご愛嬌《あいきょう》だ。

ニャア、と閉じた障子《しょうじ》の向こうに猫の鳴き声がした。

「開けよ」

命に家臣が障子をずらした。

「おお、左京。生きておったか」

そこにいたのは、ここ一日二日、見かけることのなかった愛猫だった。

「左京、左京、わしのもとに来てくれ」

猫は「ニャア〜ン」と媚《こ》びるように鳴いて主《あるじ》の膝《ひざ》の上に乗った。

「不思議よのう。猫や馬は腑抜けぬのに、人だけが腑抜ける。なぜじゃ」

呟《つぶや》いた宗広は、すぐに「いや」と首を横に振った。

「安曇のくそが悪いのじゃ。左京大夫の亡霊め。こそこそ隠れていないでわしと太刀合わせをせい」

ぶつぶつ言っている宗広に、本田が「おそれながら」と膝を寄せてきた。

「腹を切らぬのであれば、落ちられてはいかがか」

「屋敷から落ちよというのか」

「巡啓も申しているとおり、まだあきらめてはなりませぬ。このまま老中様のもとに駆け込み、上屋敷のこの様をありていに申し上げるのです。すべて安曇のせいにすれば、なに、二十八万石ほしさに安曇家を取り潰した後ろめたさがある御公儀のことです、もともと悪いのは自分たちであったからと、あるいは救いの手をさしのべてくれるかもしれませぬ」

「甘いな本田。連中のことだ。これ幸いと我が来栖家も潰して六万石をたいらげるだろうよ」

「実は三万石と知れば、残った者たちは虐げられるでしょうな」

「そなたも承知しているではないか。この話はなしじゃ」

しかし、こうなれば「落ちる」もありかもしれない。

情深い家臣たちは誰一人口にしないが、宗広にはわかっていた。

――本当はわしが、この屋敷にこだわっていないでさっさと中屋敷か下屋敷に逃げておればよかったのじゃ。

自分が残っていたばかりに、家臣たちも動くわけに行かず、ずるずると「腑抜け」となっていった。わずかな見張り番だけ残してみんなを連れて行っていれば、犠牲は最小限で済んだはずだ。

だが、いまさら言っても遅い。

そのときであった。外からなにやら轟々《ごうごう》とした音が響いてきた。

「殿、殿！」

駆け込んできたのは柵の様子を見に行った家臣であった。三人いたのに一人しかいない。

「柵が破られました。腑抜けどもが押し寄せて来ます」

「ええい、ついに来たか」

宗広は立ち上がった。膝から左京が床に飛んだ。

「みなの者、合戦じゃ！　命を惜しむな、名こそ惜しめ」

一度、言ってみたかったせりふであった。

「おう！」と家臣たちが答えた。

「では殿、いよいよ斬ってもよろしいか」

数人が腰の真剣を抜いた。

「ああ、それは待て。竹刀か木刀にしておけ」

「此《こ》の期《ご》に及んで腰の据わらぬことで」

「うるさい。ではまいるぞ」

宗広は胸に差していた扇子を抜いた。采配《さいはい》のかわりであった。

「者ども、わしにつづけえっ！」

これも生涯に一度は言ってみたかったせりふであった。隅の方で巡啓が「殿！」と引き止めようとしたが、宗広には聞こえていなかった。

少年の頃《ころ》から抱いていた夢。

武将として、軍勢を率いて戦場を疾駆する。

ひさしく忘れていたその夢を、最後の最後になって、望まぬ形ではあったが実現することができた。

――わしは清和源氏《せいわげんじ》が末裔《まつえい》、左近衛少将《さこんえのしょうしょう》、来栖惣三郎《そうざぶろう》宗広じゃ。

先祖が清和源氏を詐称していたことを知らない宗広は、自分には源頼朝《みなもとのよりとも》や武田信玄《たけだしんげん》と同じく尊い血が流れていると信じ込んでいた。ちなみに宿敵・安曇家もまた清和源氏の嫡流である。こちらは本物だった。

廊下に出た宗広は庭に下りた。家臣たちもつづいた。

「敵は此方《こなた》にあり！」

柵があった方へと扇子を向けた。すでに庭のすぐ向こう側には「腑抜け」たちが迫っている。ぞろぞろと、百ではきかぬ数だった。

「いざ、まいらん！　行けえええええ――っ！」

「うおおおおお――っ！」

宗広の号令のもと、家臣たちが「腑抜け」勢に突入して行く。多勢に無勢だが、少なくとも気魄《きはく》では負けていない。

若い近習たちが一番槍となって群れに飛び込んだ。

竹刀や木刀で足を払い、次々に「腑抜け」を転ばせる。

タンポ槍で突きまくる者もいる。胸を突かれた「腑抜け」たちは後ろへと吹っ飛んでいく。それがまた後ろの「腑抜け」に当たり、さらにそれがまた後ろのと、並べて立てた板でも倒すようにドコドコと倒れていく。

壁のようになっていた「腑抜け」の群れに風穴が空いた。

――これはもしや、勝てるかもしれぬ。

腑抜けた家臣たちを転ばせて、なにをもって「勝ち」とするのか自分でもよくわかっていなかったが、近習たちの奮戦に宗広は光を見た気がした。

けれど、その光もそこまでであった。

「ぐわっ！」

「がっ！」

「ごえっ！」

戦っていた忠臣たちが、まるで稲光にでも打たれたかのように悶絶《もんぜつ》して倒れてしまった。

次に目を覚ましたとき、近習たちの血走った目は主君に向けられていた。

「あうううう」

「ぐるるるる」

近習たちだけではなかった。後ろに控えていた本田と巡啓を除く全員が「腑抜け」に転じてしまった。

「うわあ、本田、なんとかせい！」

「殿、かくなるうえはお覚悟を」

「嫌じゃ、死にとうない」

逃げ出した宗広を最後の一人となった家臣と医者が追った。いつの間にか猫の左京も横を走っていた。

宗広は、まだ「腑抜け」が来ていない池の畔《ほとり》を走っていた。走るのは二十年ぶりだった。

「殿、いずこへ行かれるか？」

「茶室じゃ。あそこに隠れるのじゃ」

「なるほど、あそこならば籠城《ろうじょう》も易《やす》いかと」

「死ぬ前に猫手茶がもう一度飲みたいのじゃ！」

そう叫ぶ宗広に左京が飛びついた。

「おお左京、愛《う》いやつ、地獄の果てまで一緒じゃ」

抱き上げられた猫が嬉《うれ》しそうに「ニャア～ン」と鳴いた。

「殿が一服されている間は、この本田がなんとしても腑抜けを防いでみせましょうぞ。

巡啓、茶はたてられるか？」

「はい」と巡啓は返事をした。内心では「こっちではなくまだ腑抜けの来ていない裏門から外に逃げればいいものを阿呆《あほう》だな」などと思っていたが、手討ちにされるのは御免なので黙っていた。

にしても、なんで自分たちだけがいまだ腑抜けずにいられるのか。

巡啓は知らずにいた。

宗広と本田と自分、この三人だけが普段から上等な猫手茶を嗜《たしな》んでいるということを。

それに、もうひとつ。

巡啓は思った。

殿が抱いているこの猫には、どこかで会った気がする。さて、どこであったか。

三人と一匹は、茶室に飛び込んだ。

十一　化け猫合戦

来栖屋敷に着いたのは暮れ六ツ。あと半刻《はんとき》で完全に日が暮れるといった時間だった。

「おいおい、こんなにどす黒くって、本当に誰も気付かないのか」

自分以外の人間の目には映らない。知っていても思わず口にしてしまうほど、黒い蚊帳《かや》でも吊《つ》ったように屋敷を覆う魔物雲はさらに厚みを増していた。じっと見つめていると息をするのも苦しくなるほどだ。

屋敷の門は閉じている。両側についた番所には人の姿がない。これでは巡啓への取り次ぎも頼めない。

嫌な予感がした。

門番すらいないとは、屋敷のなかはどうなっているのだろう。

「おい、栗坊」

抱いていた猫に話しかける。

「こりゃあ無理にも入り込むしかないかもしれないな。ちょっとなかを見て来られるか」

門の向こうには手強《てごわ》い化け猫がいる。栗坊ひとりで行かせるのはしのびないけれど、ここは身軽な猫にまかせるほかない。裏にまわって別の門を調べるという手もあるにはある。だが、これまでにも魔物退治をしてきた自分の勘がそんなことをしても無駄骨でしかないぞと告げていた。

屋敷のなかは「腑抜け」だらけだろう。巡啓も餌食になっているかもしれない。

こうしてはいられない。

「頼むぞ。よっと」

栗坊を塀へと高く放《ほう》る。

猫はくるりと身を翻《ひるがえ》し、瓦《かわら》屋根の向こうに消えた。

自分は三味線《しゃみせん》を手に持ち、次の動きに備える。

少しして、番屋の横の通用口がぎいと開いた。童子になった栗坊が「こっち」と手招きした。どうやら門を入ってすぐのところには化け猫はいないようだった。

身を屈《かが》めて通用口を抜けた。戸はしめて閂《かんぬき》をかけておく。

「屋敷はどうなっている？」

声をひそめて訊《き》く。

「わからない」

「大名屋敷に無断で侵入したんだ。本当なら手討ちにされても文句は言えないところだぞ」

「その心配は要らなそうだけどね」

栗坊が自分の肩越しになにかを見ているので代三郎も振り返った。

「なるほど、そのようだな」

門の横の家臣用の長屋から、若い侍の「腑抜け」が「うあ～」と唸《うな》り声をあげながら出てきた。怪我《けが》でもしているのか、足をひきずっている。血走った目にだらしなく開いた口は、一目で正気を失っているとわかる。

「つうかさ、あれ、嚙みついてくるんだろう。手討ちとさして変わらないぞ」

「それもそうだね」

長屋の別の部屋からは中間《ちゅうげん》らしき町人風の男が同じく「うあ〜」と現われた。

次に「おええ〜」と舌を垂らして出て来たのは女中だった。それにつづいて、四人目、五人目、と「腑抜け」が姿を見せた。六人目から先は数えるのをやめた。

「おおお〜」と地鳴りのような声が背中でしたので反対側を見ると、そちらの長屋からも「腑抜け」が続々と現われた。

「思った以上に多いな」

たちまち左右を挟まれた。門から逃げるという選択肢はない。

「土足で失礼いたしますっと」

一路屋敷のなかへと飛び込んだ。

気の毒な犠牲者たちが追って来るが、それほど早く歩ける者はいない。「腑抜け」とはよく言ったものだ。

屋敷のなかも似たようなものだった。

次から次へと「腑抜け」の姿を見る。廊下にごろごろ転がっているのもいれば、壁をがりがりひっかいている者もいる。代三郎や栗坊を目にして追いかけて来る者もいる。

「駄目だよ、みんな『腑抜け』になっちゃっている」

「なかに入ったのは藪蛇《やぶへび》だったかな」

「だって囲まれていたんだから仕方ないよ」

「突き飛ばして庭に抜けりゃよかったか」

このまま廊下を走っていたのでは埒《らち》が明かない。

「化け猫はどこに行ったんだ。早いとこ片付けないとな」

「焦りは禁物。どうせ出てくるよ」

奥へ、奥へと進んだ。さすがは御三家並の屋敷だ。猫手村の実家もばかでかいが、それとは比較にならないほど広い。おまけに武家屋敷の常で間取りが迷路のようになっている。

その、どこもかしこもが「腑抜け」だらけだった。廊下の角から、柱の陰から、待ち伏せていたかのように「腑抜け」たちが顔を覗《のぞ》かせる。

「わっ!」「ひっ!」と叫びながら、代三郎はかぶさろうとしてくる「腑抜け」から身をかわす。

栗坊はというと、さすが機敏に「腑抜け」の間をすり抜けて行く。

「いやあ、間近で見ると気色悪いな。屍人にしか見えねえぞ」

「腑抜け」たちは、正直、見た目だけなら魔物とさして変わらない。

だが、魔物と違い、討ってはならない。

彼らはみな、魔物によって精気を吸い取られた憐《あわ》れな犠牲者たちだった。

〈化け猫だかなんだか知らないが、ふざけた真似《まね》をしやがって〉

日頃は魔物に対してなんの感情も湧《わ》かない代三郎だったが、今日は珍しく怒りが湧いてきた。

どこまで来たのかわからぬほど駆けたときだった。

「きゃあああああ――――っ！」と女の悲鳴がした。代三郎と栗坊は顔を見合わせた。

「あれはまだ腑抜けていない人の声だろう」

「うん」

栗坊が頷《うなず》いた。

「あっちだ」

奥へと走る。声がまたした。

続き間となっている座敷の襖《ふすま》を開ける。その先の襖も開く。「腑抜け」の侍がひとりいる。「んなあ～」と噛みつこうとしてきたので、「ベン！」と三味線を鳴らした。

ぴたりと動きが止まった。

「お、きくみたいだな」

と思ったが、そうではなかった。

「んがあ～～」

侍は両手を広げて代三郎に抱きつこうとしてきた。

「ごめんなさい！」

足をひっかけて転ばせた。その隙《すき》に隣の部屋へと逃げ込む。

「三味線、きかないのかよ」

「腑抜けは魔物じゃないからね」

「それを先に言ってくれ」

言い合いながら、そのまた次の部屋へと入った。

開いたそこは、となりの建物へと通じる廊下だった。

廊下の向こう側は蔵だった。入口が開いていた。

中へ飛び込んだ。

「あああああ――――」

悲鳴が、蔵に充満していた。

奥に「腑抜け」たちが何人か四つん這《ば》いになっていた。もぞもぞと蠢《うごめ》いている。その下に、色鮮やかな着物が見える。誰か高貴な人間が襲われているのだ。

「どけっ」

力まかせに手前にいる男の帯を引っ張った。男が床に転がる。

「どけっ、どけっ！」

栗坊と二人で、積み重なっている「腑抜け」たちをはいでいった。下にいたのは、美しい柄の着物を着た女たちが多かった。

転がった「腑抜け」たちが姿勢を直して襲いかかってこようとするのを「ごめんよ」と足で突き飛ばし、蔵の隅へと追いやった。

いちばん下にいたのは、若い娘だった。

「うあああ～」

遅かった。娘は、すでに目を血走らせていた。首に歯形がある。「腑抜け」はほんのひと噛みで伝染するようだ。

「綾乃だ！」

栗坊が言った。

「誰だ」

「ここの姫様だよ。ぼくのことかわいがってくれたのに」

「お前、屋敷を探る間にちゃっかり姫様にじゃれていたんだな。このスケベ猫め」

「ほんの息抜きさ。でも、かわいそうに。きっとこの蔵に隠れていたんだ」

「噛まれたのが運の尽きか」

隣の部屋からさっきの侍が入ってきた。

四つん這いになっていた「腑抜け」たちも立ち上がる。姫様も一緒だった。

「ごぼぼ……」

本当は美しいであろう姫の顔が禍々《まがまが》しくひきつっている。口からは泡を吹いている。よほどこわかったのだろう。まだ襲われる前の恐怖が顔にこびりついているようだ。

「綾乃、ごめんね」

栗坊はくるりと飛びながら回転すると、姫様を蹴飛《けと》ばした。「うえっ」と呻《うめ》きながら、綾乃が蔵の隅へと転げていった。

足技がつづく。他の「腑抜け」たちがぽんぽんと蹴飛ばされ、よたよたと蔵の入口へと後ずさりしていく。

「代三郎、蔵の扉を閉めて」

「あいよ！」

栗坊が何をしようとしているのかはわかる。気持ち悪いので触れたくはないけれど、代三郎は姿勢を直そうとする「腑抜け」たちを突き押して外に追いやった。

観音扉《かんのんとびら》を閉める。

暗闇《くらやみ》がこわくて照らしていたのだろう。うっすらとした行灯《あんどん》の明りの下で、「腑抜け」の姫が「ごぼ、ごぼ」と泡を吹いていた。大きな目がぐるぐると回転している。青白い顔は斑紋《はんもん》に覆われている。頬《ほお》や額の肉が、まるで皮膚の下に蚯蚓《みみず》でものたくっているかのようにぴくぴくと動いている。

立ち上がろうとする姫の着物の裾《すそ》を、栗坊が踏んだ。

代三郎は、頭陀袋《ずだぶくろ》から瓢簞《ひょうたん》を取り出した。

「試してみるんだろう、姫様で」

「うん」

「治ったとして、どうする。連れて出ても足手まといになるぞ。それとも、近くにいる腑抜けに片っ端から飲ませていくか」

「数が多すぎる。それはあまりうまいやりかたじゃない」

「だなあ」

「とにかく、試してみるよ。うまく治ったら、心細いかもしれないけど、ここに隠れていてもらおう。扉を閉めていれば大丈夫だろう」

「そうするか」

栗坊が姫様の背後にまわり羽交い締めにし、顔を天井に向けた。

「うがううう」

瓢簞を口の上まで持っていき、そっと一滴垂らしてみた。

滴が、行灯の火にほのかに輝きながら、なめくじのように蠢く舌の上に落ちた。

「おえっ」

一瞬、息を詰まらせたかのように見開かれた目が、すうっと閉じた。

栗坊の腕の中で、痙攣《けいれん》していた身体《からだ》から力が抜け、頭ががくりとうなだれた。

顔を覆っていたどす黒い斑紋が消えていく。首の噛み跡も薄くなっていく。生気が戻ってきた。

姫様は、眠ったまま起きない。

栗坊はそっと綾乃を寝かせると立ち上がった。

「猫手池の水、効くね」

「ああ、だが大猫さまが言ったようにけろりってわけでもなさそうだ。元を断たなきゃいけないな」

　姫様が目覚めぬのは、おそらく化け猫の魔力が消えていないからだ。

「腑抜けを相手にしていたらだめだね。はやくあの猫をさがさないと」

「そうだな」

　扉を開ける。音に、一度は追い出した「腑抜け」たちが寄ってきた。「よっ!」と、栗坊がまた足技を繰り出す。すてんすてんと「腑抜け」たちが倒れている隙に代三郎は蔵の扉を閉めた。

「こっちこっちー」と栗坊が倒れた「腑抜け」たちを挑発する。

「腑抜け」が立ち上がるのを待って「おいでおいで」と引き寄せた。

　女中や近侍の武士たちは、蔵のことも姫様のことも忘れて追いかけてくる。人は腑抜けると鶏並の頭になるらしい。

「ここはどのあたりなんだ?」

「屋敷の南の端の蔵だよ。池の方に行こう、まだ誰か腑抜けていない人がいるかもしれない」

　出てくる「腑抜け」を蹴り倒しながら廊下や座敷を走った。

　走って、走って、走った先は、行き止まりだった。

突き当たったのは、丸太で組んだ柵だった。部屋も廊下もこれ以上は進めないように木が組まれている。

「こんなの前はなかった。腑抜けが増えたんで慌てて通り抜けができないようにしたのかも」

「屋敷の中にまでこんなものを組むだなんてな」

後ろから、「腑抜け」たちが追ってきた。あっちの部屋から、こっちの座敷から、どんどんやって来る。

「くわあああっ！」

一人が、小走りになって向かってきた。

「わわわっ！」

のけぞる代三郎のかわりに、栗坊が太刀をかざして振った。

どすっと音がして、「腑抜け」は倒れた。

「斬ったのか」

「峰打ちさ」

「走るのか、この連中」

「魔物がぼくたちに気づいたのかも」

「どこか通り抜けられるところをさがそう」

「うん」

栗坊だけなら猫に変われば柵など簡単に抜けられるが、代三郎と離れたのでは意味がない。

魔物退治としては、代三郎と栗坊はあくまでも二人で一人前なのだった。

柵に沿って、外に出ることにした。襖を蹴り飛ばし、隣の部屋に抜ける。

「代三郎」

栗坊が呼んだ。

「なんだ」

「どこか広いところに出て、三味線を鳴らすんだ」

「そうすりゃ化け猫ちゃんも来てくれるかな」

「たぶんね」

駆けた。

柵伝いに廊下を渡り、殿様のものらしい広い居間を抜け、書院を通って庭に出た。

池を囲む庭園は、先が見えぬほど広大だった。

「見ろ、あれを」

柵は外に出てもつづいていた。

庭の端から端へと、合戦場に立てる馬防柵のような柵が延々とつづいている。しかし、一部は倒されていた。

「代三郎、あそこ見て」

栗坊が指さしたのは、池の向こう岸に建つ茶室だった。人影が見える。走り方からして「腑抜け」ではない。三人の男が、茶室の中に入ろうとしている。

「巡啓さんだ」

一人の男は猫を抱いている。あの「異国の猫」だった。

「あれは殿様だよ」

「宗広公か」

もうひとりは家臣らしい。巡啓たちは「腑抜け」から逃れて茶室に隠れようとしているらしかった。

「おいおい、あの猫が一緒じゃ逃げたところで元の木阿弥《もくあみ》だろう」

猫はなにが目的で殿様や巡啓といるのか。

深く考えるのはやめにした。どうせ楽しんでいるに違いない。魔物ってやつはちょっとした快楽のために大掛かりなことを平気でするような連中なのだ。

「行こう。今度こそ追い詰めてやる」

「今度こそって、前に追われて逃げたのはお前のほうだろ」

「うるさいな。気分の問題さ。それよかちゃんと三味線鳴らしてよ」

「わかっているって」

庭に出た。屋敷の側の岸辺は腑抜けだらけだったので、反対側の散策用の小道を走って池の向こうを目指す。

「んああ〜〜」

岸辺を走ると、池の中から手がのびてきた。あやまって落ちた「腑抜け」だった。

「うわっと」

すがりつこうとしている手を飛び越えた。

「溺《おぼ》れんなよ」

気の毒な「腑抜け」に声をかける。溺死《できし》は代三郎にとっては最悪の死に方だった。

橋を渡る。小道はくねくねとしていてなかなか茶室に辿《たど》り着かない。

目の前に竹林が現われた。悪いことに、道の先に「腑抜け」がいた。

「うおおおおお――――っ！」

絶叫していた。

六尺以上はありそうな偉丈夫の「腑抜け」だ。物騒なことに手には穂先がむきだしの槍を持っている。尖端《せんたん》はこちらを向いていた。

「ぐおにょおれええええ――――――」

「あいつは」

「栗坊、知っているのか」

「来栖様の御家中でいちばん強いお侍だよ。庭番の小屋に縛られていたはずなのに縄が解《ほど》けちゃったのかな。いつの間にか槍まで持っちゃって」

「わあじゅみめがあああああ――――」

男はほかの「腑抜け」たちと比べるとしっかりした足取りでこちらに向かって来る。これでまたさっきのやつみたいに走り出されでもしたらたまったものではない。

ほかの道はないかと振り返る。目に入るのはろくでもないものばかりだった。

「やばい。後ろからも来るぞ」

来た道からは別の「腑抜け」がよたよたと歩いて来る。

「ぼくが囮《おとり》になる。代三郎はそのすきに走り抜けて」

言うや、栗坊が竹林のなかに駆け込んだ。偉丈夫が「ぐ?」と童子を見た。

「やーい、馬鹿侍、こっちだよ」

べろばろばあをする栗坊に、偉丈夫は「ぬぐあおあおおお」と叫び返した。怒っているようだ。さすが家中随一の強者だ。「腑抜け」になっても少しは喜怒哀楽といった感情が残っているのだろう。

「ばーか、ばーか」

「ぐおにょおるえええええええ――――！」

偉丈夫は栗坊におびき寄せられて竹林のなかに入った。

「これでも喰らえい！」

投げた小石が偉丈夫の肩に当たった。

「ぐあああああ――――！」

猛《たけ》り狂った侍は槍をぶん回す。が、四方の竹が邪魔して思うようには動かせずにいる。

「代三郎、いまだよ」

「おう」

竹と格闘している偉丈夫の後ろを通り抜け、一気に竹林の外へと出た。少し遅れて栗坊も出てきた。

「あいつはどうした」

「竹を敵かなんかと勘違いして暴れているよ」

「しばらく遊んでいてもらおう。おのれ、とか言っていなかったか」

「前にこの屋敷の持ち主だった安曇様のことだよ。屋敷の人たちは『腑抜け』が出たのはお取り潰しになった安曇様の祟りだと思い込んでいるんだよ。違うのにね」

「あの猫は、巡り巡ってこの屋敷に来たってわけか」

「誰かが珍しい猫だと思って安曇様に献上したんじゃない」

「もしかすると安曇様のお取り潰しもあの猫の仕業か」

「わかんないけど、なにもしていないわけはないだろうね」

「ふざけた猫だ。懲《こ》らしめてやろう」

「うん」

茶室が迫ってきた。

猫はなにをしているのだろう。生き残った三人の慌てふためきぶりを見て楽しんでいるのかもしれない。魔物のなかにはもったいぶって獲物をなかなか仕留めないやつがいたりする。あの猫もそういう類《たぐい》のやつだ、きっと。

「おーい、巡啓さーん」

隠れている巡啓を呼んだ。

「俺《おれ》だよ。代三郎だよ。いるならすぐに出て来てくれ」

茶室は静まりかえっている。だが、聞こえているはずだ。

「ここに隠れていてもいずれ見つかるよ。逃げるなら屋敷の外に逃げなきゃさ」

返事がない。こっちから開けるしかないかと近寄ろうとすると、栗坊が「待って」とめた。

「三味線を鳴らして」

「猫が反応するかもしれないぞ」

「それが狙《ねら》いさ」

ベン、と鳴らしてみた。

「もっと、じゃんすか鳴らして」

「はいよ」

ベンベンベベン、ベンベンベベン。

「来栖屋敷で見たものはあ〜世にもぶっさいくなくされ猫〜異国の猫は醜いなあ〜あー醜いったらありゃしないいい〜」

出て来い、化け猫。

ベンベンべべン、ベンベンべべベン。

「くされ猫と〜きたひにゃあ〜おれらがこわくてしょうがない〜こっそり茶室に雲隠れ〜殿に抱かれて震えています〜とね〜」

出て来い、出て来い。

「わあああ――――っ!」

戸が開いた。出て来たのは三人の男たちだった。恐怖にかられた形相で、茶室からなかば転がるように飛び出して来た。

「くくく、来るなあああ――――!」

宗広公らしき上等な羽織をまとった男性が尻餅をついて後ずさりしている。

「ほほほ、本田、なんとかせえ」

「お、おのれ!」

本田と呼ばれた侍が刀を抜いた。

「安曇左京大夫、覚悟せよ」

言っていることは勇ましいが、足はじりじり下がっていた。

「ふにゃあ〜」

猫の声がした。戸の向こうからぬっと前足が出て来た。並の猫とは思えない、巨大な足だった。

「巡啓さん、俺だ」

代三郎の声に、殿様の脇《わき》で同じように腰を抜かしている巡啓がこちらを見た。

「やはり代三郎さんだったか。その格好は？」

「ちょっとね。それよか、あの獅子舞《ししまい》みたいにでかい猫はなんなんだ」

「し、知らん。急にでかくなったんだ」

「祟りじゃ！」

宗広だった。

「安曇めの祟りじゃ」

シャアアーッと牙《きば》を剝《む》いて猫が茶室から出て来た。

「出たな、くされ猫」

べべベン、と三味線を鳴らす。猫は不快そうに顔を歪《ゆが》めた。

「闇へ帰れ」

睨《にら》みつけると、猫は牙を立てて襲いかかってきた。それに応じて代三郎も撥《ばち》の速度をあげた。

バン、と、そんな音がしたかのようだった。

三味線の音がつくる気の壁にはじかれて、猫が跳ねた。

「喰らえ」

飾りの弓をまじないで大きくしていた栗坊が猫に向かって射かけた。ブスリ、と矢が猫の左の前足に刺さった。

「喰らえ喰らえ！」

栗坊は矢を射つづける。ヒュンヒュンと、空気を切り裂いて絶え間なく矢が飛び、そのたび猫に刺さった。

「いいぞ。その調子じゃ」

宗広が声を合わせた。

代三郎は三味線を弾きつづけていた。

これほどの災いをもたらす化け猫だ。このまま終わるとも思えない。

「シャアアア―――――ッ！」

案の定だった。猫がひと鳴きすると、刺さった矢はすべてパラパラと抜け落ちてしまった。

「わー、これは強いや」

栗坊もびっくり顔だ。

「のんきな声あげている場合じゃないぞ」

位置をずらして巡啓や宗広の近くに寄る。

「気の壁」がどこまでもつかしれないが、ないよりはましだろう。

「代三郎さん。どうしてここに？」

「うん、ちょっと用があってね」

いまは詳しく語る暇はない。それに、語ったところでおそらく巡啓の記憶は失われる。天内のときがそうであったように。

話しながらも撥を動かす手は止めない。目の前では栗坊と化け猫の立ち回りが始まっていた。

「わわわっ」

爪で、牙で、襲いかかる猫を栗坊はぎりぎりのところでかわしている。

猫の攻撃はまるで丸太を振り回しているような勢いだ。一撃喰らったらおしまいだ。

ひょいひょいとかわしながらも栗坊は太刀を抜いて応戦する。だが斬れない。斬れているはずなのに斬れない。太刀はすかすかと宙を裂くばかりだ。

「これが化け猫の力か」

ちらりと見ると、池の対岸には「腑抜け」がずらりと並んでいた。屋敷中の「腑抜け」が揃《そろ》っているようだ。ざっと三百はいるか。

魔物雲の向こうで、空が赤く染まっているのがわかった。日が落ちたようだ。夜は総じて魔物の力が増す。ただですら厄介な化け猫にこれよりもっと強くなられては困る。

いや、おそらく化け猫は夜を待っているのだ。

夜までに屋敷中の人間をすべて「腑抜け」に変え、満を持したところで屋敷の門を開け、江戸市中に解き放つ。

総じて三百もの「腑抜け」が町に出れば、江戸はたちまち大混乱に陥るだろう。寝込みを襲われた人々はいともたやすく「腑抜け」と化すに違いない。

ケタケタと笑う化け猫の声が聞こえてきそうだ。

〈そんなことにさせてたまっか〉

猫と栗坊は代三郎たちのまわりをまわるように場所を変えて戦っている。

矢も刀も通じぬとあっては、いったいどうすればいいのか。

対岸にいた「腑抜け」たちが、次々と池に下りる。

深さはそれほどでもないのか、泳ぐでもなく、水をかきながら一直線にこちらに向かってくる。

彼らにはもはや池を迂回《うかい》して小道を通るという頭すらないらしい。完全に化け猫に操られているのだ。

〈大猫さま、なんとかしてくれよ〉

思ったところでなんにもならない。自分たちでなんとかするしかないのだ。

自分にできること。

答はひとつしかない。

目を瞑《つぶ》り、撥を持つ手に意識を集中する。

鳴れ！

音をかきたてた。

速く。

速く、速く、速く。もっと速く……

ただ一心に、無我夢中で弾いてゆく。

弾けばなにかが起きる。どんな窮地も弾くことで乗り越えてきた自分たちだ。

弾くしかない。弾くしかない。弾くしかない。

〈俺には弾くしかない〉

なんにもない自分に、唯一与えられたもの。しかしそれは、ただ音曲を奏でるだけのものではなかった。

〈弾くしかないんだ〉

弾いているときだけが生を実感できる。

撥を動かしているときだけは、清浄な心でいられる。

そう、あの猫手池の泉のように。どんなものをも透かしてしまう。いかな悪とて浄化してしまう、あの水のように、清らかな心で、ただ一心に弾く。弾く、弾く、弾く。

力が湧いてくる。

からだが、五感のすべてが、旋律に乗って上昇していく。

溢れ出る高揚に魂が震える。共鳴する。撥はなかば意思を持っているかのように早弾きを促す。弾けば弾くほど調子が乗る。速さが増す。

そうして弾いているうちに、瞼《まぶた》の裏に一点の光が見えてきた。

その光に向かって意識をさらに収斂《しゅうれん》させる。

光が近づいているのか、それとも自分が引き寄せられているのか、これまで三味線を弾いていてここまでの感覚になることはなかった。

「はああああっ」

自然と、声が洩《も》れた。

〈代三郎……もっと……〉

聞こえてきたのは祖母の声だった。

〈もっとしゃんとしてお弾き〉

背中をぴんと張る。光が自分を包み込む。

〈そう、そうだよ……〉

ありがとう、おばあちゃん。自分の中か、それともあの世か、どこかにいる祖母に感謝する。

「代三郎！」

今度は栗坊の声だ。瞼を開いた。

「栗坊、お前……」

童子の身体が、黄金色に輝いている。

いや、栗坊ばかりではない。自分も光を放っているのがわかる。

その眩《まばゆ》い光を前に、化け猫は唖然《あぜん》としたかのように動きを止めている。

「代三郎、上を見て！」

栗坊が叫んだ。

「なんだ?」

空を見上げる。そこにあったのは、信じられないようなものであった。

もう一匹、宙に浮かんで猫がいた。

化け猫よりももっとずっと大きな、夜空の半分を覆い尽くすような猫が、池の上に顔だけ見せて大きく口を開いている。

巨大な猫が見ているのは化け猫だった。

その視線の前に、化け猫はすくんで動くことができずにいる。できるのは「シャアアアー!」と声を発することだけ。けれどそれもか細い声でしかない。

化け猫の身体が、まるで指でつままれたようにひょいと宙に持ち上がった。

「フギャア――――ッ!」

見えないなにかに首から吊《つ》られた化け猫が、顔だけ見せている奇怪な大猫の口に吸い込まれていく。

「ギャアアアア――――――ッ!」

四肢をばたつかせながら、化け猫は宙でもがいている。

錯覚か、はたまた本当か、一本の足だけがむくむくと大きくなったかと思うと、今度は逆の足が大きくなる。顔だけが身体の何倍も大きくなる。しまいには、猫の形すら保てずにぐにゃぐにゃとした毛の鞠《まり》となる。

「フギャアアアアア――――――――ッ！」

化け猫は断末魔の雄叫《おたけ》びをあげた。

なんとか逃れようとする必死の抵抗も無駄であった。

大猫の、鯨《くじら》のように巨大な舌の先まで吸い寄せられると、化け猫はぱくりと食べられた。

食べたほうの顔だけの猫は、満足げに舌をちろりと出すと、「ニャッ」と小さく笑うように鳴いて、そのまま、まるで空に下がった幕でもめくるように顔を動かして闇の向こうへと消え去った。

自分たちを包んでいた光が、猫が姿を隠すとともにすうっと消えた。

「……いまのは？」

「化け猫だよ」

池の畔の石の上に立っていた栗坊が答えた。

「そりゃわかっているよ」

代三郎は、強張《こわば》らせていた肩から力を抜いた。

「もう一匹の、花火の輪みたいにでかい猫のことだよ」

「だから、あれも化け猫だよ。代三郎が呼んだんだ」

言われて、代三郎は三味線の皮にふれた。

「ってことは、こいつか？」

「ああ、大猫さまが言っていた思わぬことって、これだったんじゃない」

「そうか……それなら合点がいくな。この新しい撥には化け猫を黄泉《よみ》から呼び出すまじないがかかっていたのか」

しげしげと新しい撥を見る。

代三郎の使う三味線は、その昔、大猫さまが自ら退治した化け猫の皮でできていた。

新しい撥を使って早弾きをすることで、大猫さまはかつての大敵を味方に変えるまじないをかけていた……らしい。

ともあれ、化け猫は化け猫に呑まれて消えた。

あとは、池のなかの「腑抜け」たちだった。

まわりを見ると、いつの間にか巡啓や宗広は気を失って倒れていた。本田という家臣もだった。

「腑抜け」たちはというと、獰猛《どうもう》さは失ったようだが、あいかわらず前後不覚の状態で池のなかをさまよっている。

「さて、あれをどうするかだなあ」

「瓢箪の水、池にまいちゃえば」

「そうするか」

瓢箪を渡すと、栗坊は「えいっ」と腕を一振りしてなかの水をまいた。

代三郎が弦を鳴らすと、一瞬、池の上に風が立った。

水面《みなも》に波が立ち、大きな石でも放《ほう》り投げたかのように盛大に水飛沫《みずしぶき》が飛んだ。

飛沫は光の粒と化し、なかにいた「腑抜け」たちへと飛んだ。

「腑抜け」たちは飛沫を受けると一瞬光に包まれ、それが消えるやくるりと向きを変えてもといた岸辺へと戻って行った。そして池から上がったところで、折り重なるように横たわっていった。おそらくいったん眠りにつき、何事もなかったかのように目を覚ますのであろう。

光の水飛沫はさらに遠くへと、池の外へも飛んだ。竹林へ、屋敷へ。どこを目指しているのかはすぐにわかった。ここにいない「腑抜け」たちのもとへと飛んだのだ。

綾乃もほどなく目を覚まし、蔵から出てくるだろう。

代三郎と栗坊は、気を失っている大名と家臣のそばに行った。

栗坊の手には、いつの間にか大麻《おおぬさ》があった。

「祓《はら》いたまえ、清めたまえ」

大麻を振りながら栗坊が唱えると、宗広と家臣は目を覚ました。

「こ、これはなんとしたことじゃ」

目が覚めた宗広は、きょろきょろとあたりを見回した。

「猫同士の喧嘩を見ていた気がするのじゃが……夢であったか？」

「不思議な……それがしもそんな夢を見ておりましたぞ」

「わしらはなぜこんなところにいるのじゃ」

「さあて、さっぱり」

どうやら宗広と家臣は、いままで起きていたことを忘れてしまったようだった。

代三郎は別段驚きはしなかった。あやまって魔物を見てしまった人間は、それが去るとえてしてこうなるのだ。

「陰陽師《おんみょうじ》殿……祈禱《きとう》はお済みか」

家臣が、栗坊とその横にいる代三郎に向かって訊いた。

「はい」

栗坊が答えた。

「良明、綾乃や奥の様子はいかがか？」

宗広が、これも目を覚ましたばかりの巡啓に尋ねた。

「もはや大事ないかと。二、三日もすれば回復しましょう」

巡啓は、宗広の娘や妻の病で呼ばれたということになっているらしかった。

「家臣のみなさまも、祈願がかないお喜びでしょう」

見ると、池の向こうにいた家臣たちが身を起こしていた。

「月に祈るとはのう」

仰いでみれば、魔物雲は消え去り、夜空には満月が浮かんでいた。

「祈禱にもいろいろあるものじゃな」

いまさっきは、自分がなにをしていたのか忘れていた宗広だが、頭のなかでは新たな記憶ができてきつつあるようだった。

「そなたたち大儀であったの。礼を言うぞ」

大名は目の前にいる代三郎と栗坊にも声をかけた。察するところ、今回の二人の役どころは「祈禱師」のようだった。ならば岸辺にいる家臣たちは自分たちの祈禱に合わせて祈りを捧げていた、といったところか。

「しかし、代三郎さんがこんな御力を持つ陰陽師とお知り合いだったとは」

巡啓は憑物《つきもの》が落ちたような顔で栗坊を見た。

「まだ童《わらべ》かと思いきや、なんという御力か。やはり病は気からですな。医者や薬の力だけでは治せないものもあるようだ」

巡啓の話では、栗坊が祈禱を始めた途端、熱に浮かされていた姫の具合が好転したのだという。

「代三郎さんも、狩衣姿は村の祭りで見て以来だな」

「ははは。少しは役に立ちたくてね」

「はっはっはっ」

代三郎の笑い声よりさらに大きな声がした。見ると、宗広が扇子をぱたぱた扇《あお》ぎながら笑っていた。

「まこと大儀大儀。どうじゃ本田。わしの呼んだ医者に陰陽師は」

「天晴《あっぱ》れな働きにござりまする。さすが殿の眼鏡にかないし方々」

「褒美《ほうび》ははずんでやるのじゃぞ。はっはっはっはっ」

哄笑《こうしょう》をとめない宗広に、家臣も巡啓も合わせて笑った。

代三郎も笑った。が、その顔は、次の瞬間にはひきつっていた。

「わわっ！」

なんとなく姿勢を変えたところで、うっかりさっきの波で濡《ぬ》れていた石に足を滑らせてしまった。

「たっ、頼む！」

咄嗟《とっさ》に三味線を栗坊に投げる。

童子がそれを胸に受け止めたところで、視界が空に変わった。

むなしく宙をもがく自分の手が見えたかと思ったら、じゃぼんと水のなかに落ちていた。

「わわわわわ――――っ！」

こわい。

「わわわ――っ！」

溺れるの、こわい。

「わあああ――――っ！」

こわいこわいこわいこわい、こわいこわいこわいこわい。水がこわい。

「やだよ――っ！」

巡啓や宗広があんぐりと口を開けて岸から自分を見ている。三味線を置いて、栗坊が地面を蹴る。

「代三郎っ！」

水に沈む前に最後に目に入ったのは、満月を背後に宙を飛ぶ童子の姿だった。

十二　家族

「立ってみれば膝までしかなかった？」

於巻はケタケタと笑っていた。

「なんてまあ、情けない旦那《だんな》様でしょうね」

「うるさいなあ」

すねた子どものように頰を膨らます代三郎を、於巻は「まあ、三味線を落とさずに済んでよかったじゃない」と慰める。目は変わらずに笑っている。

「でも、撥は割れちゃったのね」

「ああ」

そうなのだ。早弾きが祟ったのか、あとから見たら大猫さまにもらったばかりの新しい撥にヒビが入ってしまったのだ。あれではもう使えなかった。

「やっぱ撥は鼈甲《べっこう》が丈夫でいいのかな」

だが、それでは「神力」は使えない。魔物退治には猫手神社の神域にある木でないと駄目なことは承知していた。

「大猫さまにまたこしらえてもらえばいいじゃない」

「そうだな」

互いに黙って煎《せん》じた茶を飲む。香りが良い。兄たちは茶葉だけは本当にうまく作る。

来栖屋敷の騒動から二日が経《た》っていた。

あやまって池に落ちた代三郎は屋敷でもとの紋付姿に着替えさせてもらい、栗坊や巡啓とともに来栖様の調えてくれた駕籠に乗って猫手長屋に帰って来た。巡啓には、栗坊は遠方から呼んだ陰陽師ということにしておいた。

「来栖様は奥方様や姫様がめずらしき病に罹《かか》っていたのでな。騒がれてはまずいと六角屋を通してわたしをさがしておられたのだよ」

長屋に帰って来た晩、於巻の用意した酒を飲みながら事の顚末《てんまつ》について話す巡啓はすがすがしい顔をしていた。

「行ってみたら驚いた。なにに驚いたかって？　病もさることながら、失っていた記憶が甦《よみがえ》ったことに驚いたのさ」

忘れていた記憶とは、この数年、どうしても思い出せずにいた天内での出来事であった。

もしやと思って駆けつけてみれば、勘は当たった。宗広の奥方や姫が罹っていたのは、まさに自分が天内で見た、あの病だった。

二人は、瘧《おこり》に似た「熱病」に浮かされていた。その姿を見るや否や、巡啓は堰《せき》を切ったかのように眠っていた記憶が溢れ出るのを感じたのだという。

天内のときはもっとひどかった。自分が行ったときにはすでに病は蔓延《まんえん》し、多くの人々が命を失っていた。それでも巡啓は長崎から持参した西洋伝来の薬を処方し、少なくない数の罹患者《りかんしゃ》の命を救った。

「あのときも最後はいずこからかやって来た陰陽師の助けを借りた。それを思い出してね、確か代三郎さんの縁者に陰陽師がいたはずだと……」

「それで、来栖様の御家来に使いを頼んで俺のことを呼んだわけかい」

代三郎が言うと、「そうだ」と巡啓は頷いた。

「まさかあのような童と連れ立って来るとは、さすがにびっくりしたけどね。いや、童だからといって侮るわけではないよ。かえって童だからこそ引き出せる研ぎ澄まされた力があるのかもしれない」

代三郎は黙って話を聞いていた。巡啓がそう思うなら、それが真実なのだ。

確かめたのは、たったひとつのことだった。

「ところで巡啓さん、猫のことを覚えているかい？」

「猫？　ああ、そういえば来栖様が可愛《かわい》がっていた猫がいたな」

それがどうかしたかい、という言葉を、代三郎は「いや別に」と受け流した。

巡啓は、宗広から「過分なほど」の金子《きんす》を褒美として受け取っていた。寛二親方に言わせれば「吝《しわ》い」宗広だが、今回の一件ではずいぶんと大盤振る舞いをしてのけた。

巡啓はその金で、長崎から西洋の医学書を買い集めることにしたという。

目的はもちろん、疫病の研究だ。一度は消えた蘭学《らんがく》への情熱を、巡啓は取り戻したのだった。

金子は栗坊と代三郎にも与えられた。しかし、二人はこれを受け取りはせず、猫手茶の購入資金に充ててほしいと頼んだ。二人が猫手村ゆかりの者だと知った宗広は、喜んでこれを承知した。

於巻と茶を楽しんでいると、どこかにいた栗坊がやって来た。

「おー来た来た。寝ていたんだな、お前」

猫は「ンニャア〜」とあくびをして、代三郎の膝に乗った。

「さっき起きたばっかだけど、俺も二度寝でもすっかな」

「この怠け者」

於巻はすぐに声色を変えて笑った。

「うそよ。ごくろうさまでした」

「俺はなんもしちゃいないよ。『腑抜け』から走って逃げて、三味線を弾いただけだ」

茶を一口する。於巻の視線を感じた。

「なんだよ」

「連れてってくれればよかったのに」

「村にか、それとも来栖様の屋敷か」

「お屋敷よ。わたしだって役に立ったわよ」

「って、言うけどよ」

「ここであなたの無事を案じて待っているよかずっといい」

「お前を呼ぶひまなんかなかったんだよ。空がどんどん黒くなっていくし、兄様が明日には来栖様のお屋敷に行くって言うしで。あ、そういや大猫さまが祭りには帰ってこいって言ってたぞ」

話を変えた代三郎を於巻はそれ以上は追ってこなかった。

「それにしても、まさか化け猫が化け猫を飲み込んじゃうだなんてね」

「ああ、驚いたよ」

「その、大猫さまが昔倒した化け猫って、どんな顔をしていたの」

「それがなあ」

代三郎は、目を閉じている栗坊の頭をさすった。

「栗坊……こいつにそっくりだったんだよな」

「ええっ」

これには於巻も驚いた。

「どういうことなの。栗坊はそのときいたんでしょ」

「いたさ。だから別の猫のはずなんだ」

ただの空似だろうか、それとも……。

「ねえ、栗坊の親猫って見たことある？」

「ない」

「それってさあ」

「言うなよ」

はい、と於巻はかしこまる。

栗坊が誰の子かなんて、どうでもいいことだ。

「栗坊は栗坊、俺たちの家族さ」

「そうね」

人の気配がしたので外を見る。茶屋に客がやって来た。於巻が縁台にいる客に茶の支度をする。

代三郎は、眠ってしまった栗坊の頭を撫《な》でつづけた。

本書は、二〇一四年十一月に招き猫文庫より刊行された『猫手長屋事件簿 ふぬけうようよ』を改題し、加筆修正した作品です。

時代小説文庫
な20-1

猫《ねこ》の神《かみ》さま 来栖屋敷騒動《くるすやしきそうどう》の巻《まき》

著者 仲野《なかの》ワタリ

2020年9月18日第一刷発行

発行者 角川春樹

発行所 株式会社 角川春樹事務所
〒102-0074 東京都千代田区九段南2-1-30 イタリア文化会館

電話 03(3263)5247[編集] 03(3263)5881[営業]

印刷・製本 中央精版印刷株式会社

フォーマット・デザイン＆シンボルマーク 芦澤泰偉

ISBN978-4-7584-4362-3 C0193

http://www.kadokawaharuki.co.jp/[営業]
fanmail@kadokawaharuki.co.jp[編集] ご意見・ご感想をお寄せください。